KLEINE PROBLEME

NELE POLLATSCHEK

KLEINE PROBLEME

Roman

Galiani Berlin

Für J.
Und für alle, die noch etwas
zu erledigen haben.

Arbeite an den Aufgaben, die die Götter den Menschen bestimmen, damit du niemals Schmerzen leidest um deine Frau und deine Kinder.

Hesiod *Werke und Tage*

Von mir kann ich versichern, ich werde über den kleinsten Schmerz, den ich fühlen mag, jammern.

Cervantes *Don Quijote von der Mancha*

Ich habe ganze zweiundvierzig Tage gebraucht, um ein Brett für ein langes Regal herzustellen.

Daniel Defoe *Robinson Crusoe*

Habe abscheulich zu tun und möchte so sooooo gerne faul sein.

Hannah Arendt

Wenige sind genug, einer ist genug, keiner ist genug.

Seneca *Briefe an Lucilius*

1. ANFANGEN

Im Grunde ist es natürlich vollkommen egal, wie das Wetter war. Also, es nieselte. Natürlich nieselte es, deutscher Dezember, was erwartet man. Also, ich hatte Schnee erwartet, wie er sich auf Häuser und Hügel und Täler legt, wie er alles bedeckt mit seiner kalten weihnachtlichen Wärme. Sowas hatte ich erwartet, als wir hierhergezogen waren. Im Winter Schnee, im Sommer Sonnenschein, planschende Kinder, Abende an trunkenen Tafeln unter Linden, Abende, die man zurecht *lau* nennen würde. Tagsüber ich, wie ich am Teich sitze mit Stift und Notizbuch, vielleicht mit einer Schreibmaschine und längst schon ohne Zigarette, und in der Ferne Johanna und die Kinder, und ab und an trägt der Wind ein Jauchzen an mein Ohr und erinnert mich daran, wie glücklich wir sind.

Das hatte ich Johanna so erzählt, als wir das Haus zum ersten Mal sahen, und sie sagte *Ach Larsmännchen, du weißt schon, dass nicht immer Sommer sein kann.* Und natürlich wusste ich das, es gibt ja schließlich noch den Winter. Einen Winter, an dem ich dann in meinem Schreibzimmer säße, oben unterm Dach mit dem kleinen Kaminofen und diesem knarzenden Geruch von Holzgebälk, mit meinem Notizbuch und meinem Stift, später dann mit einem Manuskript, an dessen Ränder ich letzte Korrekturen kritzle, mich dann behaglich zurücklehne, meinen Blick in die Ferne schweifen lasse, auf die Hügel und die Täler, auf den

Wald und den weichen Schnee. Ich da oben und unten Johanna, die Kinder, das Jauchzen und das Glück.
Das hatte ich Johanna so gesagt, vor acht Jahren, als Herr Rosen uns das Haus zeigte und Johanna noch zögerte, hier würde ich es schaffen, hatte ich gesagt. Also natürlich hatte ich nicht *es schaffen* gesagt, ich hatte da etwas Konkreteres gesagt, aber um das Konkrete geht es gerade nicht, es geht ums Ganze. Ich würde es schaffen, hatte ich also gesagt. Und Johanna sagte, das Haus sei aber ganz schön ramponiert, und Herr Rosen sagte *Liebhaberstück*, und ich sagte *ja, ja, das bin ich.*
Und dann gingen wir zur Bank, und ich wurde kritisch ignoriert, jemand flüsterte *Schriftsteller,* jemand anders hüstelte *angehender Schriftsteller*, und dann wanderte der Blick auf Johanna, es wurde genickt, es wurde gelächelt, es wurde zärtlich *verbeamtet* gesäuselt. Und dann kauften wir das Haus, wir zogen ein, und es nieselte.
Im Grunde nieselte es die ganze Zeit. Manchmal regnete es auch. So ein peitschender Regen, wie fettgeschmiertes Leder, ein Regen, der einen sofort wieder ins Haus prügelt. Aber meistens nieselte es. Feiner Nadelstreifenniesel, der in der Regenrinne klimpert, und wenn man rausgeht, um die Hecke zu schneiden oder das Schuppendach zu reparieren, dann sticht es in den kalten Händen und dann geht man wieder rein. Am gefährlichsten aber ist der unsichtbare Niesel. Man steht am grauen Fenster und fragt, *regnet es eigentlich noch,* und erst wenn man draußen ist, sieht man die Kreise in den Pfützen, kleine Punkte, die sich ausdehnen in die Unendlichkeit oder ins Nichts, das weiß man nicht genau, selbst wenn man sehr lange dasteht und

denkt. Und dann hört man dieses Nieselknistern in den Blättern und wird so unendlich müde. Aber jetzt ist man schon draußen und so schlimm regnet es nicht, also versucht man sich am Schuppendach, man hat es doch versprochen, und erst wenn man vor Tropfen auf der Brille gar nichts mehr erkennt, gibt man endlich auf. Wenn man wieder reinkommt, ist man nass bis auf die Seele.

Aber im Grunde ist es wirklich vollkommen egal, wie das Wetter war, man muss nur irgendwie anfangen, und dann fängt man eben beim Wetter an, weil das einfach ist, und gerade am Anfang muss man es sich einfach machen, denn, das weiß man, *aller Anfang ist schwer* und, das weiß man auch, Mitten sind noch viel schwerer, also muss man es sich am Anfang leicht machen, damit man noch etwas übrig hat für die Mitte mit all ihren Mühen. Also fängt man beim Wetter an, auch wenn man ans Wetter im Grunde gar nicht glaubt. Also an Klima natürlich. An die Klimakrise sowieso, wegen der Kinder. An Meteorologie vielleicht auch. Aber nicht ans Wetter. Zumindest nicht an das Wetter in der Erinnerung. Das Wetter in der Erinnerung ist wie die Musik beim Film, wird alles im Schnitt druntergelegt. Wenn man glücklich war, dann schien die Sonne, und wenn Herzen brachen, dann peitschte der Regen, dann Blitze und Donnerkrachen, und wenn man, naja, dann nieselte es eben. Was Niesel bedeutet, ist im Grunde auch jedem klar.

Im Grunde, aber man sollte auch nicht immer mit dem Grund anfangen, als wäre der Rest nur Oberfläche und man müsste hinabsteigen durch hellwässriges Grün, immer tiefer und dunkler, bis man am Grund ankommt, und da liegt sie dann, die Wahrheit, wie eine goldene Kugel, eine erste Ursache, hinter allem anderen, zu der man vordringen muss, bevor man endlich anfangen darf. Und eigentlich will man doch nur anfangen, wie, ist dann auch egal, also fängt man beim Niesel an, also fängt man beim Haus an, im Erdgeschoss, weil man sich unters Dach nicht mehr traut, also steht man am Fenster. Und von hier unten ist die Landschaft nur noch Straße. Mit Familienwagen mittlerer Preisklasse und vergrauten Rauputzfassaden, und die Kinder sind jetzt groß, und man weiß nicht mal mehr, wann man das letzte Mal jemanden jauchzen hörte.

Und so kann man nicht anfangen, wenn man mit Niesel anfängt, dann ist man müde, bevor man zur Mitte kommt, also fängt man nochmal von vorne an, man lässt den Niesel und das Haus und den Rauputz, man nimmt sich vor, sofort zum Punkt zu kommen, man erinnert sich daran, nicht immer *man* zu sagen, *sag doch mal ich*, sagt Johanna, sagt ihre Therapeutin, also sagt man dann *ich*, man setzt sich nochmal gerade hin, man schüttelt die Schultern nochmal aus, man rückt die Brille zurecht, man hebt die schlaffen Mundwinkel, man redet sich ein Lächeln ein, *du schaffst das*, sagt man sich, und dann schreibt man, also ich schreibe.

1. ANTWORTEN

Es war Freitag, der 31. Dezember, und ich musste noch was erledigen. Also alles.

Und wenn ich das so schreibe, habe ich gleich Linas *Papa, übertreib nicht immer so* im Kopf und wie sie dann nachdrücklich nicht mit den Augen rollt, weil das pubertär sei, und mit sechzehn findet sich das Kind zu alt für pubertär. Ohne zu übertreiben, war es natürlich nicht wirklich *alles*, was ich noch erledigen musste. Ukraine zum Beispiel, eindeutig nicht meine Aufgabe. Geldpolitik des Europäischen Wirtschaftsraums. Kohleausstieg. Seenotrettung. Wobei Yannis sagen würde, das sei sehr wohl meine Aufgabe, weil es unser aller Aufgabe sei, und damit hat er irgendwie recht, wie man mit zwanzig immer irgendwie recht hat, aber halt nur irgendwie.

Also musste ich vielleicht nicht wirklich *alles* erledigen, aber eben doch alles, was nicht nur irgendwie meine Aufgabe war, sondern eben auch wirklich. Alles, was ich in dieser Woche nicht geschafft hatte, oder in diesem Monat, in diesem Winter, in diesem Jahr, in diesem ganzen verdammten Leben. In neunundvierzig Jahren sammelt sich eine ganze Menge *alles* an.

Ich musste oft noch was erledigen, meistens morgen, manchmal aber auch später oder nächste Woche oder demnächst. Das Problem ist, dass es meistens nicht später war, sondern eben *jetzt*, und jetzt rauchte ich noch eine

Zigarette, las noch einen Artikel, starrte auf mein Telefon, wischte dem Weltuntergang hinterher, schaute nur dieses eine Video noch zu Ende, ging nochmal eben aufs Klo, machte schnell noch einen Kaffee, bevor ich dann gleich anfing, also bald, also nachher, also vielleicht doch besser morgen, es war ja auch schon spät.

Und dann kamen plötzlich und fast völlig unerwartet diese Momente, an denen das *später* restlos aufgebraucht war, und aus dem *jetzt* wurde *jetzt oder nie*. Der 31. Dezember war so ein Tag und der 24. natürlich, die Geburtstage der Kinder, wirklich jedes Mal, wenn Johanna früh in den Urlaub losfahren wollte und die Kinder schon in den Sitzen quengelten und Johanna rief, *soll ich jetzt echt noch für dich packen*, und ich nicht mal wusste, wo mein Koffer war. An jedem Monatsende war das so, vor jedem Wochenende und an jedem Sonntagabend, überhaupt an jedem Abend, wenn ich plötzlich merkte, dass ich wieder nichts geschafft hatte und es jetzt auch zu spät war, um noch damit anzufangen, und es wurde auch immer später. Wenn der Tod käme, würde ich sagen, es ist mir wirklich unangenehm, aber ich muss leider noch kurz eine Kleinigkeit erledigen. Ich muss noch sechzehn Tage Abwasch machen und *Neuneinhalb Wochen* zur Videothek zurückbringen, die erste Steuerabmahnung muss ich noch bezahlen und die zweite, die dritte, ich muss noch die Kinderzimmer streichen, erst rosa und hellblau, dann sonnengelb und grün mit Lianen, dann doch wieder weiß mit einer flaschengrünen Akzentwand *wie auf Insta*, ich muss mich noch bei allen melden, zu denen ich mal *ich melde mich dann* gesagt habe, ich muss noch aus der Kirche austreten,

ich muss Gott finden, ich muss verdammt nochmal endlich den Müll runterbringen, ich muss noch herausfinden, warum mein Knie seit einigen Jahren so komisch klackert und ob der Schmerz in der Brust vielleicht doch nur Angina ist, ich muss den Kindern noch ein Erbe erarbeiten, die Regenrinne muss ich noch vom Vorjahresherbst befreien, die Bester-Papa-der-Welt-Tasse muss ich noch verdienen, ich muss noch mein Lebenswerk verfassen. Die meisten meiner guten Taten muss ich noch vollbringen, ich muss noch schnell mein Potenzial ausschöpfen, ich muss noch dieses *was* in *aus dem wird mal was* werden, ich muss so vieles noch erledigen, Dringendes, Unangenehmes, eigentlich Schönes, ein paar Lappalien, sehr viel Entscheidendes, diesen ganzen Kram, dieses ganze Alles, dieses einzige Leben. Ich habe es noch nicht mal richtig angefangen, und es ist doch schon so spät.
Und natürlich kann man das alles nicht an einem einzigen Tag erledigen, nicht mal an einem 31. Dezember, nicht mal, wenn er auf einen Freitag fällt. Lina musste mir nicht sagen, wie übertrieben das wäre.
Also hatte ich mir die ganze Woche genommen, diese schimmernden fünf Tage zwischen den Jahren, in denen das Alte schon zu Boden geröchelt ist und das Neue noch nicht zugeschlagen hat und immer noch alles ganz anders werden kann, nämlich gut.
Ich hatte mir das alles aufgeteilt, hatte mir überlegt, was ich am Montag machen würde und am Dienstag, am Mittwoch und so weiter. Also nicht ganz genau überlegt, sondern eher so ungefähr, Pi mal Daumen, ich bin nicht der Typ, der Listen macht. Und ich wusste ja, was wirklich

zu erledigen war, Linas Bett aufbauen für die Zeit nach England, das Haus putzen, bevor Johanna am 31. Dezember aus Lissabon wiederkam, Steuern, solche Sachen. Ein paar Neujahrvorsätze von letztem Jahr musste ich noch wegschaffen, Sport machen, mit dem Rauchen aufhören. Meinem Vater schuldete ich noch einen Weihnachtsanruf. Und Erol noch ein Lebenswerk, ich hatte meinen Agenten drei Mal zwölf Monate lang auf Ende des Jahres vertröstet, und wenn irgendwer behaupten kann, Ende des Jahres zu sein, dann wohl der 31. Dezember. Ich hatte mir das alles überlegt, wie ich jeden Tag etwas abarbeiten würde und dann abends ins Bett ginge mit dem guten Gefühl, wieder etwas geschafft zu haben, und dann rauchte ich eine Zigarette und wischte über mein Telefon, und dann war plötzlich und fast völlig unerwartet 23:27 Uhr und es war der 30. Dezember und ich war müde.

Aber das war gar nicht schlimm. Keine Panik. Das konnte man alles noch schaffen, sagte ich mir. Du stehst morgen früh auf, erbärmlich früh, wie Johanna an Schultagen, und dann erledigst du das schnell, bevor Johanna spätnachmittags endlich nach Hause kommt, bevor ihr am Abend zu den Kindern fahrt, bevor ihr das neue Jahr begrüßt, mit Champagner und Feuerwerk, mit wohlverdienter Erschöpfung und wohlig verdienterem Stolz. Ein neues Jahr, was dann ganz anders wird, weil du alles endlich erledigt hast. Ein neues Jahr, in dem du jemand bist, der alles erledigt hat.

Ich stellte den Wecker auf sechs Uhr früh, schaute noch ein paar Videos, folgte dem Algorithmus, aß noch eine 5-Minuten-Terrine und schlief auf der Couch ein. Der

Alarm klingelte, und ich schwöre, dass ich nur ein einziges Mal *Schlummern* drückte, weil es doch so schön war, unter einer Wolldecke zu liegen und zu wissen, dass man bald alles erledigt haben würde. Viel schöner, als das Gesicht vom Couchleder zu ziehen, die Füße auf das klebrige Stäbchenparkett zu stellen, durch das kalte Wohnzimmer zu torkeln und tatsächlich den ganzen Tag lang alles erledigen zu müssen. Ich drückte also wirklich nur ein einziges Mal auf die Schlummer-Taste, ich drehte mich noch ein einziges Mal um, schmiegte mich ein letztes Mal so richtig in Johannas Kaschmirdecke, nur fünf Minuten, und als ich die Augen öffnete, war es halb zwölf, ach verdammt, Lars, du tropfes Tier, ich liebe dir kein bisschen.
Das ist ja wirklich absurd, wie das manchmal so umkippt. Eben noch kann man das alles schaffen, ist eigentlich ganz zufrieden, dreht sich nochmal um, kuschelt sich ordnungsgemäß in die Kuscheldecke, und dann macht man die Augen auf, sieht den Niesel und merkt, dass es viel zu spät ist und alles sehr schlimm.
Ich blieb noch ein paar Minuten liegen, das machte jetzt auch keinen Unterschied mehr. Ich starrte auf die Raufasertapete. Zum Fenster. In den deutschen Vorstadtniesel. Ins Wohnzimmer, das aussah, wie ein Zimmer aussieht, in dem einer wohnt und keiner putzt. Dann schaute ich schnell wieder weg, stand auf, zog den Norwegerpullover an, lief in die Küche, machte mir einen Kaffee, setzte mich an den Küchentisch und zündete mir eine Zigarette an. Dann noch eine, vielleicht zwei. Als ich auf mein Telefon schaute, war es zwanzig nach zwölf, und ich hatte eine Nachricht.

Flieger sitzt fest. Komme später. Kannst du bitte die Geschenke einpacken?

Ich drückte die Zigarette in das alte Marmeladenglas und zündete mir noch eine an. Ich wusste ja nicht mal, wo die Geschenke waren.

Wenn du sie nicht reingeholt hast, stehen sie noch in der Garage.

Geschenke einpacken und die Steuer und die Regenrinne und Aufräumen und Putzen, das ganze versiffte Haus, und mein Vater und Erol, das war überhaupt nicht mehr zu schaffen. Es war wie immer nicht mehr zu schaffen. Und wenn man es mit neunundvierzig nicht schafft, dann wird man es niemals schaffen.

Und dann ist man genau so, nicht nur jetzt, sondern für immer. Dann hilft auch kein *morgen* und kein *später* und nicht mal *demnächst*. Nicht mal das neue Jahr hilft dann noch. Dann ist man für immer genau das. Ein alter Sack, der in einem Drecksloch sitzt und raucht und davon erzählt, was er morgen machen wird. Und dann ist es halt so, dann bin ich halt so. Ich kann es ja auch nicht ändern. Und dann habe ich zumindest das geschafft, mich selbst zu erkennen, wie so ein beschissener Orakelspruch.

Könntest du den Nudelsalat machen? Rezept auf Kühlschrank (vegan!). Und bring das Feuerwerk mit. Ist im Keller.

Ich kochte noch einen Kaffee. Ich rauchte noch eine Zigarette, vielleicht zwei, höchstens drei. Hustete und spuckte den Schleim ins Waschbecken neben das angetrocknete Geschirr.

Kannst du das machen, Lars?

Und natürlich hätte ich ihr antworten sollen. Aber was soll man denn schreiben? *Nein, kann ich nicht. Ich schaffe es nicht, ein paar beschissene Geschenke einzupacken und einen Salat mit Dosenerbsen anzurühren? Jeder normale Mensch kann das, nur ich kann es nicht. Ich kann es seit neunundvierzig Jahren einfach nicht.* Sowas kann man ja wirklich keinem sagen.

Kannst du mir bitte antworten, ich muss es nur wissen.

Nicht mal das konnte ich, nicht mal antworten, und das hätte Johanna wirklich wissen müssen. Johanna wusste doch alles. Sie kennt mich doch. Sie kennt doch das ganze Elend.

Lass gut sein, Lars. Ich frag jemand anderes.

Man kann doch nicht gut sein lassen, was nur zum Heulen ist. Dass man wirklich so ist, dass es sich nicht nur um eine Phase handelt, dass man da nicht mehr herauswächst, dass man für immer genau so bleibt, jeden beschissenen Tag, für den Rest seines beschissenen unbenutzten Lebens.

Ich lief wieder ins Wohnzimmer. Etwas klebte an meinem Fuß, und ich streifte es im Vorbeigehen an einem alten Pizzakarton ab. Dann legte ich mich auf die Couch und wischte über mein Telefon. Ich hustete und spürte die Angina, die vielleicht doch keine Angina war, sondern sehr wahrscheinlich mindestens Lungenkrebs im Endstadium, und das war dann auch nicht so schlimm. Dann war es halt so. Die Kinder waren groß und der Rest jetzt auch egal.

Wir sehen uns auf der Feier. Mach's gut, Lars.

Ich glaube, ich fing tatsächlich an zu heulen, also nicht richtig, das kann ich irgendwie nicht, aber so sehr fast, dass ich mein Gesicht am kratzigen Wollärmel abwischte. *Mach's gut, Lars.* Ich weiß gar nicht, was es war, außer eben doch wieder alles. Und ja natürlich, natürlich, natürlich, alles ist in Wahrheit nichts. Ich weiß, dass ich nichts habe, das müssen mir die Kinder nicht immer sagen, kein Sexismus oder so strukturellen Rassismus, keine Behinderung, keine schwere Krankheit und selbst an guten Tagen höchstens eine mittelschwere Depression. Nicht mal ein Alkoholproblem, obwohl ich es wirklich versucht habe. Wie erbärmlich, dass man es nicht mal schafft, Alkoholiker zu werden, um dann wenigstens noch trockener Alkoholiker werden zu können. Wie beschissen ist es bitte, wenn einem alle Türen offenstehen und man trotzdem stehen bleibt. Wenn man keinen Grund dafür hat, so zu sein, aber man ist halt trotzdem so. Wenn alles einfach ist und einfach ist viel zu schwer. Das ist doch wirklich schlimm, grundlos scheitern ist doch wirklich scheitern, und dafür bemitleidet einen keiner. Ach, egal.

Ich setzte mich hin. Ich wischte mir das Gesicht an der Decke ab. Ich stand auf. Ich lief in die Küche, wo sich das Geschirr immer noch der Selbstreinigung widersetzte, wo der Küchentisch unter dem Gewicht der Briefe und Lieferdienstboxen und Schuldgefühle ächzte, wo ich die Zeit verraucht hatte, während ich auf morgen wartete.

Mach's gut, Lars.

Wenn man sich jahrelang beruflich mit sowas beschäftigt, dann ist es normal, dass man in so einem Moment gleich Bilder im Kopf hat, wie jemand sich eine Pistole in den Mund schiebt und wie es dann hinten rausspritzt. Und natürlich ist man dann froh, dass die Pistole unter dem

Zeitungsstapel nur eine Attrappe ist. Eine Attrappe, die man als Memento vom ersten Dreh mitgenommen hat, mit der die Kinder dann jahrelang spielten, und die man, nachdem sie jegliches Interesse an Pistolen verloren hatten, trotzdem nicht wegschmiss, die meistens irgendwo rumlag, im Arbeitszimmer, neben der Couch, auf dem Küchentisch, in der Nähe. Weil es manchmal so tröstlich ist, sich eine Pistole in den Mund zu schieben und sich vorzustellen, wie dann endlich alles endet, vielleicht nicht unbedingt glücklich, aber wenigstens für immer. *Mach's gut, Lars.*

Aber das macht man natürlich nicht. Das weiß man seit dem Tag, an dem man mit Johanna aus dem Krankenhaus kam und noch schnell an der Tanke anhielt, um endlich die verdammten Windeln zu kaufen, und wie man dachte *Scheiße, Lars, das kannst du jetzt nicht mehr machen*. Nicht wegen der bedingungslosen Liebe, sondern weil man das mit Kindern einfach nicht machen kann. Da muss man sich entscheiden. Man kann sich das Leben nehmen oder man kann jemandem das Leben schenken, aber beides geht nicht. Obwohl das Leben ein beschissenes Geschenk ist und umtauschen kann man es auch nicht. *Mach's gut, Lars.*

Vielleicht hatte Johannas Therapeutin recht und ich rauchte so viel, weil ich dachte, dass man Kindern einen Selbstmord nicht antun kann, Lungenkrebs aber schon. Und da ist was dran, aber echt nicht viel. Mit der Chemo und den Schläuchen im Krankenhaus, das wäre auch nicht schön, und schon davor, das Husten, die Sorgen, die vorwurfsvollen Augen. Und irgendwie will man auch

nicht sterben. Man will doch eigentlich Leben, nur halt nicht dieses. *Mach's gut, Lars.*
Man will doch einfach nur ein anderes Leben, eines, in dem alles anders ist, also man selbst. Nur das ist halt auch wieder nicht möglich. Wenn man es zwischen den Jahren nicht schafft, wenn man es nicht mal am 31. Dezember schafft, nicht mal, wenn er auf einen Freitag fällt, dann schafft man es niemals. Dann hilft auch *später* nicht mehr, auch nicht *morgen,* nicht mal *nächstes Jahr* hilft dann noch, dann ist es endgültig zu spät.
Ich legte meine Hand auf die Pistole. Die Plörre lief mir das Gesicht runter. Mit dem rechten Zeigefinger griff ich durch den Abzug. Mit der anderen Hand führte ich den Lauf an meine Lippen. Ich öffnete meinen Mund, schob die Pistole tief hinein, würgte oder schluchzte, biss fest in den Lauf und stellte mir vor, wie es dann knallt und spritzt und alles für immer zu Ende ist. *Mach's gut, Lars.*
Ich zog ab.
Es knallte nicht, es klickte nur leise. Nicht mal ein kleines bisschen *Ich* war hinten rausgespritzt. Alles noch da. Und doch irgendwie anders, als hätte auch in mir etwas klick gemacht. Vielleicht nicht ganz klick, oder eben nur sehr leise. So etwas dazwischen, zwischen Schusswaffe und Kinderspielzeug, zwischen Sich-erschießen und Sich-eben-nicht-erschießen, zwischen Alles-wie-immer und Für-immer-nichts. Als gäbe es da etwas zwischen dem Alten und dem Neuen, oder zwischen mir und dem anderen, oder zwischen dem, was ist, und dem, was doch jetzt verdammt nochmal endlich sein sollte. Ich kann es auch nicht besser erklären, außer vielleicht so: Ich hatte einen

Spalt gemacht, einen schimmernden Spalt, vielleicht gerade groß genug, damit man sich zwischen den Jahren hindurchzwängen könnte, in die Welt, in der immer noch alles gut werden kann, sogar man selbst.

Mach's gut, Lars.

Mach es verdammt nochmal endlich gut.

Jetzt oder nie.

Also jetzt.

Ich legte die Pistole zur Seite und zog Johannas Notizblock unter den Rechnungen hervor. Ihre letzte Liste hatte sich aufs weiße Papier durchgedrückt, alles fein säuberlich abgehakt, ach, Johanna. Ich riss das oberste Blatt ab und fing an zu schreiben. Jetzt nicht übertreiben. Ich schrieb nur alles auf, was ich mir für diese Woche vorgenommen hatte, und alles, worum Johanna mich gebeten hatte, und natürlich die Neujahrsvorsätze von letztem Jahr, die durfte ich nicht weglassen. Wenn ich jetzt alles erledigen wollte, dann musste es auch wirklich alles sein, dann durfte am Ende nichts übrig bleiben, dann musste restlos alles gut werden.

Zu erledigen

1. Antworten
2. Linas Bett
3. Putzen
4. Steuer, Post usw.
5. Geschenke einpacken
6. Vater anrufen
7. Nudelsalat
8. Feuerwerk

9. Regenrinne
10. Lebenswerk
11. Johanna
12. Mit dem Rauchen aufhören
13. Es gut machen

Ich betrachtete meine Liste und fühlte schon so einen Phantomstolz, ein Vorkribbeln auf alles, was bald sehr verdient kribbeln würde, in wenigen Stunden, wenn wir vor Yannis' Wohnung stünden, wenn dann endlich die Korken knallten und das Feuerwerk auf ein ganz neues Leben funkelte, wenn Johanna mir über die Wange streichen würde und sagen, das hast du gut gemacht, Lars. Du hast endlich alles gut gemacht.
Ich nahm mein Telefon in die Hand. Es war 12:47 Uhr. Spätestens halb elf müsste ich auf der Feier sein. Ich hatte keine zehn Stunden.
Wird erledigt, tippte ich, legte das Telefon auf den Tisch und setzte den ersten Haken.
Fast war schon alles gut.

2. LINAS BETT

Es ist natürlich vollkommen unmöglich, *alles* an einem einzigen Tag zu schaffen. Aber es ist auch vollkommen unmöglich, ein anderer zu werden. Wenn man sich jahrelang mit sowas beschäftigt, dann weiß man, dass der Weg zum Unmöglichen das Unmögliche ist. Reine Mathematik. Minus mal minus gibt plus und unmöglich mal unmöglich ergibt *eben doch* oder zumindest *jetzt erst recht.* Johanna würde sagen, dass Mathematik so nicht funktioniere, und mit Mathematik kennt sie sich aus, Mathematik und Latein, die schweren Fächer, meine Johanna. Aber mit dem Unmöglichen kennt sie sich eben nicht aus. Das Unmögliche ist mein Fach. Auch kein ganz leichtes.

Außerdem würde Johanna sagen, ich solle doch bitte mal pragmatisch sein. Pragmatik ist Johannas drittes Fach, das unterrichtet sie zu Hause und bislang unbenotet. Ich schaute meine Liste also noch einmal ganz pragmatisch an. Streichen konnte ich da nichts mehr, sonst würde es nicht funktionieren, sonst würde der Spalt sich wieder schließen und ich stünde immer noch mit beiden Beinen fest in mir, oder mit beiden Beinen wackelig, mit weichen Knien, taumelnd, aber auf jeden Fall in mir, und da wollte ich doch weg.

Das Lebenswerk machte mir Sorgen und natürlich dachte ich *dein Lebenswerk sind Sorgen, Lars,* aber das sind die schlimmen Stimmen, auf die man in so einer Situation echt nicht hören darf. Vielleicht hätte ich doch lieber *Erol schreiben* auf die Liste stellen sollen, jetzt stand da eben *Lebenswerk* und *Lebenswerk* ist ein sehr großes Wort, der K2 der Wörter, und ich musste ihn besteigen, mit weichen Knien und ohne meine Sherpa. Ich suchte eine freie Stelle zwischen Geschirr und Altpapier, wischte den Zucker zur Seite und klopfte dreimal mit der Faust auf den Tisch, es klebte ein bisschen, aber dafür klang es gut, dumpfes Holz und glockenhelles Gläserklirren, als käme der Weihnachtsmann mit leichter Verspätung und zerknautschten Geschenken doch endlich noch zu mir. Über das Lebenswerk würde ich später nachdenken, beim Putzen. Johanna sagt, dass sie beim Putzen immer die besten Ideen hat, ich beim Fernsehen, deswegen teilen wir uns das meistens auf.

Beim elften Punkt auf der Liste fehlte noch ein Verb. Vielleicht *Johanna beglücken*, aber das klang gleich so sexuell, und das war ja nicht unser Problem, nicht ursächlich. *Johanna begeistern* oder *Johanna eine Freude machen*, das würde mir später noch einfallen. Das war ja das Gute an einer Liste, auf der so viel Ödes stand, da hatte man dann Zeit zum Nachdenken, vor allem, wenn man pragmatisch vorging.

Ich zündete mir noch eine Zigarette an und dachte darüber nach, welche Aufgaben sich am besten verbinden ließen und in welcher Reihenfolge, nahm mein Telefon in die Hand, um vorher noch schnell mein Postfach zu checken, vielleicht hatte Erol schon geschrieben und ich wollte ihn nicht warten lassen, nach dreimal zwölf Monaten wäre mir das wirklich unangenehm gewesen. Auf meinem Telefon war noch ein Artikel über die *Zehn Dinge, die dir helfen, dein Leben besser zu organisieren*, und das war genau das, was ich jetzt brauchte.

Ich war gerade bei *6. Einfach machen*, als die Uhr am Herd piepte. 13:00. So nicht, Lars Cornelius Messerschmitt, so verdammt nochmal nicht. Das ist doch der älteste Trick des Internets, und du hast doch gerade erst Punkt drei gelesen *Das Telefon einfach mal weglegen*. Ich drückte die Zigarette aus und legte das Telefon zwischen eine pelzige Kaffeetasse und eine Aluminiumschale mit Curryresten, die bestimmt noch gut waren. Wenn man allein wohnt, ist *noch gut* ein Gummiband. Dann stand ich auf und schob das Telefon ins Tiefkühlfach, sicher ist sicher.

Bevor ich die Küche verließ, schmiss ich noch schnell die Spülmaschine an, die würde ich dann später ausräumen und dann gleich wieder einräumen, und Johanna würde sagen, dass ich das sehr pragmatisch gelöst hätte. Ich zog den Werkzeuggürtel an, er lag noch neben dem Herd, und schnappte im Vorbeigehen die Rolle Gaffaband vom Kühlschrank. Ich wusste nicht, wofür ich es brauchen würde, aber eines hatte ich bei der Arbeit mit Kameramännern gelernt. Was die Welt im Innersten zusammenhält, ist Gaffaband.

Ich bahnte mir einen Weg durchs Wohnzimmer, vorbei an leeren Zigarettenpäckchen und vollen Aschenbechern, lüften musste ich später auch noch. Lüften und vielleicht mal duschen. Ich knarzte die Treppe hoch und nahm gleich den Stapel Papiere mit, der noch in mein Arbeitszimmer musste, pragmatisch eben. Und Johannas Akkuschrauber, keine Ahnung, wie er da hingekommen war.

Dann stand ich in Linas Zimmer und Margaret Thatcher schaute auf mich herab.
Kinder muss man nicht verstehen, man muss sie nur lieben, sagt Johanna, und das kommt unserer Beziehung zu Lina sehr entgegen. Lina war seit einiger Zeit in einer Margaret-Thatcher-Phase, davor war es Beyoncé. Wie gesagt, nur lieben.
Seit letztem Weihnachten hing Margaret Thatcher jetzt schon über Linas Matratze und blickte eisern in ihr Zimmer. Auf Linas Jugendstilschreibtisch und die trutschige Lampe im Tiffany-Stil, auf den Biedermeierschrank und die spätviktorianischen Porzellanpuppen mit den toten Augen, auf das geschwungene Schminktischchen, die beiden Friseurföhne und das stabförmige Ding, das aussieht, als vibriere es, von dem mir aber glaubhaft versichert wurde, dass es sich lediglich um ein *Ondulierеisen* handle, nicht dass mich das was angeht oder irgendwie stört, die Kinder sollen Freude haben an ihren Körpern, ich will halt nur echt nichts davon wissen, das sind Bilder, die wird man nie wieder los. Daneben Wäscheklammern. Das haben wir uns bei Yannis nicht so gefragt, wie das wohl ist, wenn Kinder ihre Sexualität als *digital natives* entdecken, man weiß ja, was man im Internet so alles findet, als Erwachsener kann man da ja entscheiden, also, auch was man moralisch überhaupt in Ordnung findet, aber bei Pubertierenden, das ist nicht wie damals die Bravo und dann die weichgezeichneten Magazine hinterm Tresen, heute kommt einem das richtig bieder vor im Vergleich mit dem, was die Kinder im Internet, egal.
Bis auf die Staubschicht war Linas Zimmer erleichternd

ordentlich. Seit Johanna nach Lissabon gefahren war, hatte ich Linas Zimmer nicht mehr betreten, genau wie Yannis' altes Kinderzimmer oder das Schlafzimmer oder mein Büro. Eigentlich hatte ich die meiste Zeit unten verbracht, zwischen Wohnzimmer, Küche und Gästebad, letzteres auch eher selten. Auch diese Entscheidung im Nachhinein enorm pragmatisch, weil ich mir ziemlich sicher sein konnte, dass ich nur unten richtig putzen müsste, beim Rest des Hauses würde eine schnelle Runde mit dem Staubsauger reichen. Und vielleicht Staub wischen, wieso sammelt eine Sechzehnjährige viktorianische Porzellanpuppen? Wie soll man das denn bitte entstauben, fragte ich mich, delegierte das Problem aber sofort an später, delegieren ist wichtig, wenn man im Leben etwas erreichen möchte.

Ich öffnete den Biedermeierschrank und hievte die beiden großen Pappkartons heraus, die Lina unter die Kleiderstange mit den pastellfarbenen Wollkostümen geschoben hatte. Wir haben ihr das Bett zum vierzehnten Geburtstag gekauft, bei einem großen schwedischen Möbelhaus, das sich auf Korea reimt, aber nicht sehr gut. Den Abbau ihres alten Kinderbetts hatte ich noch geschafft, ich hatte es sogar auf die Straße getragen für den Sperrmüll, aber das neue Bett, ich muss es wirklich nicht nochmal erklären, es lag halt immer noch in zwei Pappkartons in Linas Schrank, wie so ein pochendes Herz unter den Dielen.

Zu meiner Verteidigung muss ich sagen, dass Lina das Bett natürlich längst hätte selbst aufbauen können. Es gibt wenig, was Lina nicht kann, und ein Bett aufbauen gehört sicherlich nicht dazu. Ich habe ihr das mal gesagt, dass sie es doch einfach selber machen könnte, anstatt mir die ganze Zeit so ein beschissen schlechtes Gewissen zu machen.

Weißt du, Papa, wenn ich das jetzt mache, dann lernst du es nie. Das sagte sie, und dann legte sie sich seufzend auf die Matratze auf dem Fußboden und schlief ein, während Margaret Thatcher mit ihren stahlblauen Augen auf mich herabschaute.

Ich zog die beiden Kartons übers Parkett und schnitt mit dem Teppichmesser die Pappe auf. Dann lehnte ich Linas Matratze an die Wand und stopfte Kissen und Decke in den Schrank.

Das Gute an Koreamöbeln ist, dass man genau weiß, was die Fallen sind. Man braucht viel Platz, das ist mal das Erste. Als Zweites muss man sich überlegen, wo man die Schrauben und den ganzen Kram aus den Plastiktüten hintut, damit man bloß kein Teil verliert und dann stundenlang danach suchen muss und sich so wahnsinnig ärgert, und dann rennt man hektisch durchs Haus, stößt sich den Zeh an der Türzarge, beschimpft Frau und Kinder, bereut es sofort, wird immer wütender, versucht es dann halt ohne das verdammte Teil, und dann passt was nicht, und dann versucht man es eben mit Gewalt, und dann bricht man sich eben den Mittelhandknochen und dann fährt man eben ins Krankenhaus und dann tut eben alles unendlich weh, und was nicht wehtut, wackelt noch drei Jahre später, *da wackelt was*, sagen die Kinder dann, und man sagt dann besser nichts. Also muss man auf den Kleinkram höllisch aufpassen, das weiß jeder, dann verliert man natürlich trotzdem irgendwas, das weiß auch jeder, aber deswegen hat man ja den Werkzeuggürtel, das Klebeband und die innere Ruhe.

Ich atmete tief ein, nahm die leere Obstschüssel vom Schreibtisch, schüttete den Inhalt der drei Plastiktüten hinein und klopfte mir auf die Schulter.

Das Bett ist so ein landhausverkitschtes weißes Kastenbett aus hohen Pressholzplatten, ein Einzelbett, Lina wollte kein Doppelbett, Lina glaubt nicht an Sex vor der Ehe. Lina glaubt an vieles nicht: an Inkonsequenz, an den menschengemachten Klimawandel, an den Sozialstaat oder den Feminismus. Johanna sagt, dass sie da noch rauswächst. Die ist so ehrgeizig, früher oder später stößt sie an die gläserne Decke und dann begreift sie das alles, die wird uns noch alle retten.

Lina sagt, dass sie da eben nicht rauswachsen werde, dass sie aus gar nichts mehr rauswachsen werde, weil sie sich das alles sehr genau überlegt habe. Sie glaube einfach nicht daran, Menschen Hindernisse aus dem Weg zu räumen, Hindernisse seien wichtig, ohne Hindernisse könne der Mensch keine Willenskraft entwickeln, und Willenskraft brauche man eben, wenn man im Leben irgendwas erreichen wolle. Alle, die jemals etwas erreicht haben, hatten Willenskraft. Man müsse nicht schön sein, man müsse nicht talentiert sein, man müsse nicht sportlich sein, oder groß, oder dünn, nicht mal klug müsse man sein, aber Willenskraft, die brauche man eben, ohne Willenskraft geht gar nichts. Das sei auch mein Problem, sagt Lina, dass ich es als heterosexueller weißer Mann einfach immer viel zu leicht gehabt hätte, dass ich mich nie richtig anstrengen musste, dass mir immer alles zugeflogen wäre

und dass ich deswegen niemals etwas Großes schaffen würde. Das hat sie so zu mir gesagt, nicht mal im Streit, sondern ganz ruhig beim Muschelessen, mit diesem gouvernantenhaften Ton, den sie schon als Kleinkind hatte, dass ich es einfach niemals schwer genug gehabt hätte. Womit sie es denn bitte schwer gehabt hätte, fragte ich, mit dem englischen Internat, dem Einfamilienhaus oder der Lehrermutter?
Mit dir, Papa.
Gebrochener Mittelhandknochen ist ein Scheiß dagegen.
Ich legte die Bretter der Länge nach nebeneinander und nahm die Bauanleitung. Gleich auf der ersten Seite lachte mich ein aggressiv gut gelauntes Strichmännchen an, große Nase, dafür nur ein einziges Auge, Mundwinkel bis zu den fehlenden Ohren. Der euphorische Einäugige zeigte auf zwei Schraubenzieher und einen Hammer. Ich tätschelte meinen Werkzeuggürtel, Schraubenzieher, Hammer, sogar Johannas Akkuschrauber, und wenn das alles nichts nützt, neon-pinkes Gaffaband.
Unter dem ersten Strichmännchen drei weitere, das erste durchgestrichen mit schlaffen Mundwinkeln, dafür aber immerhin zwei Augen, diagonal verschoben, klassische Schlaganfallsymptomatik. Daneben wieder zwei Lächelnde, diese nicht durchgestrichen. Keine Ahnung, was mir die Männchen mitteilen wollten, außer dass ein Schlaganfall nicht der richtige Zeitpunkt zum Möbelaufbau sei, worauf ich erstens auch selbst gekommen wäre, zweitens wirklich keine Rücksicht nehmen konnte, sollte ich heute einen Schlaganfall erleiden, dann müsste der eben bis morgen warten.

Nächste Seite endlose Zeichnungen, ewiger Kleinkram, alles sehr präzise, sehr nummeriert, sehr zermürbend. Früher brauchte man dreißig identische Schrauben und einen Inbusschlüssel und gut war. Warum musste immer alles so kompliziert werden, es war doch wirklich schon kompliziert genug, als es noch einfach war. Ich schaute in die Schüssel mit den ähnlichen, aber eben nicht identischen Teilen und begann, mich gemütlich warmzufluchen. Die verdammten Zeichnungen, die beschissenen Nummerierungen, Gott hat uns das Geschenk der Sprache gegeben, ein viel unstrittigeres Geschenk als dieses zweifelhafte Leben, und was machen wir, Strichmännchen und Schraubenzeichnungen und Nummern, und warum, weil es günstiger ist, eine einzige beschissene Bauanleitung mit Bildern endlos zu reproduzieren, als alles für jedes Land einzeln zu übersetzen, weil Übersetzungskosten, Lagerkosten, Druck, Inneneinrichtung im Zeitalter der technischen Reproduzierbarkeit, weil Scheißkapitalismus. Deswegen musste ich auf Bilder starren, anstatt es mir einmal kurz erklären zu lassen, weil es irgendwelche koreanischen Technokraten billiger kommt, mich zu quälen, als eine ordentliche Anleitung zu machen, es ist zum Heulen oder zum Fluchen, Fluchen ist Heulen mit Sprache. So oder so ähnlich fluchte ich, weil ich immer so fluche, wenn ich etwas aufbauen muss, Johanna sagt dann *ach Walter Benjamine doch nicht wieder so rum*, und ich sage *ich dachte, du Marxt das?*, und manchmal sagt sie dann *ich mag dich, mein Engels* oder *freier deutscher Lars, bau auf,* und manchmal lehnt sie sich an mich, sodass ihre Haare mich ganz leicht am Hals kitzeln, und dann haucht sie *J'Adorno*. Sowas haucht sie manchmal. *J'Adorno*. Und Lina sagt, sei nicht so ein alter Mann und ich *sei nicht so eine Feministin* und sie *ich bin kein Feminist*, und so kann man nicht diskutieren, also seufze ich, rolle die Augen und gehe, während Lina langsam den Kopf schüttelt und sich erwachsen fühlt.

Ich walterbenjaminte also in meine Eisenwarenobstschale auf der Suche nach Schraube 109049. Ich griff eine Schraube, kurz und spindelig, die war es nicht. Ich suchte weiter, fragte die Metallteile, ob sie 109094 seien, dann die Holznübbel und Plastikteile, ob sie 109094 gesehen hatten, mich selbst, wo ich wäre, wenn ich 109094 wäre. Ich stellte es mir genau vor, wie es wäre, eine kleine silberne Schraube zu sein, ob ich die anderen Teile wohl beneiden würde, ob ich auch lieber Holz wäre, rau und ungehobelt. Plastik würde ich sicherlich nicht sein wollen, niemand will Plastik sein.

Ich schaute nochmal in die Abbildung, prägte mir die Schraube genau ein, suchte weiter. Endlich fand ich meine Schraube, beckerfäustend schaute ich nochmal in den Plan, hielt meine Schraube neben die Abbildung einer Schraube. Dann große Enttäuschung. Falsche Schraube, quelle surprise, quelle surfuckingprise. Die Schraube konnte natürlich nichts dafür, sie hatte ihre Aufgabe demütig erledigt, sie hatte ihr Kreuzschlitz getragen, ich war es, der die Zahlen im Suchen und Schauen und wieder Suchen verwechselte, der Fehler lag bei mir, wie immer, menschliches Versagen.

Menschlicher Versager.

Thatcher schaute stählern, doch in mir walterbenjaminte es schon wieder gewaltig. Es war doch meistens so, dass

Menschen versagten, wenn Systeme nicht für Menschen gemacht wurden, wenn man bei der Planung nicht an Menschen, sondern an Maschinen gedacht hatte. Menschen können sich eben nicht grenzenlos konzentrieren, Menschen sind eben nicht immer achtsam, Menschen können sich nicht alles merken. Ziffern zum Beispiel können sich Menschen überhaupt nicht gut merken. Das Fassungsvermögen eines menschlichen Gedächtnisses beträgt sieben Stellen plus minus zwei, darüber hatte ich einen Artikel gelesen, ich griff mir an die Hosentasche und vermisste mein Telefon, das würde ich später nochmal nachlesen. Nummerierte Schrauben, das lieben Maschinen, aber Menschen hassen diesen Trick, vor allem dieser Mensch, der schon an den sechs Ziffern der Schraubennomenklatur scheiterte. Schraubennomenklatur, ich rollte das Wort über meine Zunge wie eine Glaskugel, also ich murmelte, ich murmelte vor mich hin wie ein alter Mann. Scheiß Schraubennomenklatur, dabei wäre es ein Leichtes, sich einen Namen gleicher Länge zu merken, sogar einen längeren. Henriette Hannelore von Hoffmannsthal, das konnte man sich merken, wobei es 34 Stellen waren, 37 inklusive Leerzeichen, ich zählte es an den Fingern ab. Hieße die Schraube Henriette Hannelore von Hoffmannsthal, ich hätte sie nie verwechselt. Henriette Hannelore von Hoffmannsthal, rief ich, und kam mir etwas albern vor, und dann ganz plötzlich sehr klug.

Im Regal neben Linas Schreibtisch stand ein dünnwandiges Teeservice auf einem Silbertablett. Die Teekanne und die Tassen brauchte ich nicht, ich stellte sie behutsam ins

Regal zurück und das Tablett auf den Mahagonitisch neben die Obstwarenschale. Dann sortierte ich die Tütenteile in Gruppen, riss die Seite mit den Eisenwaren aus der Montageanleitung und legte sie neben das Tablett. Ich schaute auf die kleinen Häufchen aus Metall und Holz und Plastik und fühlte mich wie Adam, als er eines Morgens im Paradies erwachte und eine Stimme aus dem Off zu ihm sagte, kannst du das mal schnell benennen. Nur dass Gott das Paradies eben nicht in einem Pappkarton und ein paar Plastiktütchen geliefert hatte. Gott baut selbst.

Ich kramte meinen Bleistift aus dem Werkzeuggürtel und nahm mir vor, mir den Stift hinter das Ohr zu stecken, wenn ich fertig war, wie das euphorische Strichmännchen auf Seite 1, dessen Willenskraft so groß war, dass es einen Bleistift hinter ein Ohr klemmen konnte, welches ziemlich offensichtlich versäumt hatte zu existieren.

Dann machte ich mir die Welt untertan. Als ich fertig war, betrachtete ich mein Werk, und ja, verdammt, es war gut. Vor mir lagen keine nummerierten Schräubchen, keine namenlosen Holzdinger, keine seelenlosen Plastikteile und erst recht keine 10904wasauchimmer. Vor mir lagen, in sauberen Grüppchen, glänzend und glimmend, wie frisch gebadet, zweiunddreißig Hoshis und vierundzwanzig Knülpe, vier Schlitzlinge und vier Plötze, gleich vierzig Pleumel, achtunddreißig Holzflonze und dreißig wagemutige Wüs, daneben fünfzig Wörle, zehn Plastikniezen mit großen weißen Hüten und viel zu zarten Rippen, drei lange Sporne und sechzehnmal, mit glänzenden Ringen und erhabenem Kreuz, Henriette Hannelore von Hoffmannsthal, holde Henriette, ach Henriette, ach Johanna, wenn du mich jetzt sehen könntest.

Wenn ich dich jetzt sehen könnte, würde ich sagen, werd nicht übermütig, Lars. Am Ende bist du nur wieder enttäuscht, wenn das nicht klappt, und schau mal die Zeit, wie lange hat es gedauert, das alles zu benennen, in der Zeit hättest du längst das Bett bauen können, wenn du nicht aufpasst, dann ist es gleich zu spät. Dann schließt sich der Spalt. Dann stehst du wieder tagelang zwischen den Gardinen und nieselst ans Fenster.

Wenn man so lange zusammen ist wie wir, dann weiß man immer, was der andere sagen würde. Es ist, als hätte man eine Sicherungskopie des anderen im Kopf, die bei den richtigen Witzen lacht, die einen rührend findet, wenn man sich dumm anstellt, die einem sagt, wovor man sich in Acht nehmen muss, weil sie einen besser kennt als man sich selbst. In meinem Kopf wohnt eine Kopfjohanna und manchmal befürchte ich, dass in Johannas Kopf ein Kopflars wohnt, der ihr meine besten Witze verrät, der sie regelmäßig zu Tränen rührt, während ich es doch bin, der all ihre Rührung so dringend benötigt. Von einem Kopflars ist man nicht enttäuscht, wenn er den Müll nicht runterbringt, wenn die Wäsche in der Maschine gammelt, wenn er Lina nicht vom Reitstall abholt und es regnet und regnet und sie wartet und wartet. Ein Kopflars lebt ja nur im Kopf. Vielleicht wäre ich besser im Kopf, wo man nichts von mir erwarten kann.

Die Kopfjohanna ist nicht besser als ihre weltliche Kopie. Dabei funktioniert sie zuverlässig. Wenn ich mich frage, was würde Johanna tun, sagt sie, *das Richtige*. Nur bei

den genaueren Ausprägungen des Richtigen schweigt die Kopfjohanna. Nur die echte Johanna verrät mir immer, was das Richtige ist.
In diesem Fall reichte aber die Kopfjohanna, sogar der Kopflars hätte gereicht, sogar der echte. *Bau das Bett*, sagten sie alle, *bau es schnell, bevor der Spalt sich schließt.*
Ich nahm Henriette Hannelore von Hoffmannsthal, bewunderte sie in ihrem kühlen Glanz, ihrer spiralförmigen Gleichmut, wie sie ihr Kreuz stolz nach oben streckte, katholische Jungfer, Ostersonntagsprozession. Ich bat höflich um Verzeihung und versenkte sie im vorgebohrten Loch, wo sie sich an ein Rad schmiegte, gerade fest genug, fürsorglich, nicht erdrückend. Sechzehnmal wiederholte ich das. Die Entschuldigungen wurden immer kürzer, bald waren Henriette und ich per du, nur manchmal säuselte ich nostalgisch ihren Titel.
Fertig. Raschelndes Blättern, Wind über Laubwald.
Und das klingt vielleicht albern, aber ich freute mich, dass die Wüs schon dran waren. So ein winziges Wü, kürzer als der Nagel meines kleinen Fingers, glänzendes Metall in knapp zweieinhalb Spiralwindungen, das ist doch irgendwie rührend. Und wenn man dann länger darüber nachdenkt, dass jemand entschieden hat, dass ausgerechnet dieses winzige, pummelige Stückchen Metall Bettschienen tragen soll, später einen Lattenrost, eine Matratze, das Gewicht eines Menschen und, egal was Lina jetzt denkt, vielleicht doch irgendwann mal zweier Menschen, das geht einem doch ans Herz. Da wird man ganz sentimental, wenn man diese winzigen Wüs in ihre viel zu kleinen Löcher und ihre viel zu großen Aufgaben dreht.

Aber die schaffen das und glänzen einen an, als wären sie selber auch ein wenig stolz.
Dann Pleumel. Komische Teile sind das, unten Schraubgewinde, darüber ein langer, vertikal gerillter Körper und oben so ein Knopf mit einem Kreuz für den Schraubenzieher. Ich schraubte die Pleumel in die vorgebohrten Löcher, mittlerweile hatte ich richtig Tempo, einen nach dem anderen versenkte ich die Pleumel, und ich will nicht sagen, dass ich das Wort Pleumel jedes Mal laut wiederholte, und ich will nicht sagen, dass ich dabei kicherte, aber eventuell ein bisschen, eventuell ein bisschen sehr. Und dann kam es so über mich, und ich dachte, dass es ja auch nicht richtig ist, einen Pleumel in ein Brett zu schrauben, wie hört sich das denn an, *Brett*. Wenn ich Pleumel wäre, ich würde nicht den Rest meiner Tage ausgerechnet in einem *Brett* verbringen wollen, und was für eine Welt war es, in der eine Henriette Hannelore von Hoffmannsthal Räder und Schienen zur ständigen Begleitung haben sollte, das war doch kein Umgang. »Räder«, sagte ich und fand dieses »ä« schrecklich vulgär, und »Brett« das klingt doch schon so. Wie das Geräusch, was man im Schnitt unterlegt, wenn ein Gerichtsmediziner die Knochenhaut von der Schädelkalotte löst, als wäre es Klettband. *Brett. Brett.* Da wird einem doch ganz übel.
Und natürlich war es nicht strikt notwendig, und pragmatisch nur so im weitesten Sinne, aber wenn man jetzt schon ein Bett aufbaut, dann kann man es auch gleich richtig machen, und dann hielt Henriette Hof zwischen Philominen und Elegen, und die Pleumel vergruben sich

in große Plodden. Pleumel, sagte ich, Plodden, sagte ich, der Akkuschrauber schnurrte, und ja verdammt jemand kicherte, und Margaret Thatcher war es wahrscheinlich eher nicht.

Dann die Flonzen mit ihren geschwungenen Rillen, wie winzig kleine Holztampons. Vielleicht für Linas viktorianische Puppen, deren obszöner Preis mit *besonders lebensecht* gerechtfertigt wurde, und wenn das bei den Augen schon nicht klappt, wenigstens preußische Porzellanmenstruation. Komische Assoziation, vielleicht wegen der zwei Föhne und des Ondoliereisens auf Linas Schminktisch.

Ich muss bei Friseuren immer an Menstruation denken. An das eine Mal, als wir beim Friseur waren, da war Lina vielleicht zwölf, und eigentlich ging Johanna immer mit ihr, und genau dieses eine Mal kam dann die erste Regelblutung, mitten auf dem weißen Kunstlederstuhl, da denkt sie wahrscheinlich heute noch manchmal dran, wie sie mich anschaute, wie ein angeschossenes Tier, wie ich ihr meine Jacke auf den Schoß legte und ins Reformhaus gegenüber sprintete, Tampons, Binden, sogar so eine Plastiktasse, das volle Programm, ich denk da manchmal dran, wie unangenehm ihr das alles war, dabei ist es ja ein ganz normaler biologischer Prozess, und wie sie mich anschaute, als ich laut *Feuer!* rief und in die andere Richtung zeigte, und ihr aufhalf und mich auf den blutigen Stuhl warf und meinen Hintern hin- und herschob und alles mit meiner Jeans aufwischte, sodass niemand etwas wusste, nur Lina und ich, weißer Ritter, blutverschmiert. Mit so großen dankbaren Augen schauen einen eigentlich nur Kleinkinder an und dann nie wieder. Das war ein guter Tag, damals, als Lina ihre Menses bekam und ich triumphierend mit meiner blutigen Jeans zum Auto lief. Da war ich gut.

Aber das war einfach. Bedingungslose Liebe ist einfach, Zahnarzttermine sind schwer. Das Rezept für die Brille und diese komischen Einaugenpflaster abzuholen ist schwer. Die Antibiotika gegen die Mittelohrentzündung wirklich jeden verdammten Morgen zu geben. Die Wäsche nicht in der Maschine vergammeln zu lassen, donnerstags an den Turnbeutel zu denken, sich daran zu erinnern, dass doch dieses Halbjahr Schwimmunterricht ist, das Kind zum Reiten zu fahren und es um Gottes willen danach wieder abzuholen, das Kind nicht immer irgendwo stehen zu lassen, nicht immer irgendwas zu vergessen, das alles zu kontrollieren, als wäre man Familienvater und nicht nur irgendein Komparse, der sich in diese Rolle verirrt hat und jetzt so tun muss, als wäre sie für ihn geschrieben. Nicht immer versagen, nicht immer enttäuschen, sich nicht immer entschuldigen müssen, die Schuld nie wirklich loswerden, immer versprechen, dass jetzt alles anders wird, und dann wird es anders, aber anders ist dann doch nur wieder schlimmer. Das ist schwer. Das ist beschissen schwer.

Holzflonzen. Plodden. Hammer. Die Flonzen in die vorgebohrten Löcher und nicht so viel nachdenken. Sich nicht immer ablenken. Weniger denken, mehr hämmern. Erst in vielen kleinen Schlägen, dann nur noch in dreien, dann in zweien, dann versuchen, jeden Flonz mit nur einem einzigen Schlag zu versenken. Dann fertig mit Flonzen. Ich setzte die Plodde mit den Flonzen auf die dazu passende Plodde, in die ich vorher die Pleumel hineingeschraubt hatte, sodass die Pleumel und Flonzen die korrespondierenden Löcher fanden. Mit etwas Druck kam alles zueinander, nur das hielt natürlich nicht. Das wackelte gewaltig, das rutschte, instabil wie so ein Mensch, was nicht verwunderlich war, weil das alles keine Gewinde hatte, da war nichts verschraubt, nur gesteckt, und dann fragte ich mich, ob Menschen wohl stabiler wären, wenn sie Gewinde hätten. So ging es auf jeden Fall nicht, so hielt gar nichts, wie sollte denn da ein Mensch drauf schlafen, oder eben zwei eben nicht drauf schlafen, das würde doch sofort zusammenbrechen und dann wäre es wie immer, dieser nicht mal mehr enttäuschte Blick, dieses blickgewordene *Mit dir, Papa*.

Dann so diffuse Panik, so Flattern in der Brust. Mit jedem Wackeln der Plodden schlimmer. Jetzt keine Panik, dachte ich, *keine Panik, wird schon alles, du schaffst das, Lars, du schaffst das, du musst nur an dich glauben*, und das hilft natürlich überhaupt nicht, sich zu sagen, dass man nur an sich glauben muss, wenn man doch gerade sehr offensichtlich nicht an sich glaubt. Ist wie *Der Pitbull kann deine Angst riechen*. Kann mir keiner sagen, dass das nicht Horrorfilm ist. Ist schon schlimm genug, dass man ist, wie man ist, aber dann noch an sich glauben müssen, dann noch keine Angst haben dürfen, das hält doch keiner aus. *Beruhig dich, Lars, oder beruhig dich halt nicht, Hauptsache, du blätterst um.*

Ich blätterte um und es laubwaldete kein bisschen.

Die Niezen also. Die sollten es jetzt richten. Ausgerechnet die Niezen aus weißem Plastik, fast durchsichtig, mit ihren großen Ascot-Hüten und ihren viel zu zarten Rippen. Unten wackelte es, und an den Kanten sollten Plastikniezen halten, was Metallpleumel nicht halten konnten. Ich hämmerte die Plastiknieze in das Loch, in dem sie die beiden Plodden verbinden sollte, und fragte mich, warum ausgerechnet diese Niezen aus hauchdünnem Plastik waren. Die Niezen mussten doch so viel tragen. Eine Nieze zwischen zwei Plodden, das war wie ein Telefon mit Internetzugang, wenn man ein Lebenswerk schreiben sollte, eine Sollbruchstelle, an der früher oder später alles zusammenbrechen musste. Ich betrachtete die letzte Nieze und fühlte mich ihr auf einmal sehr nah. Vielleicht bin ich auch nur eine Nieze aus Plastik.

Und natürlich hielt das kein bisschen. Ich traute mich nicht mal, es richtig auszuprobieren. Scheißkorea, dachte ich, wie konnte ich nur jemals denken, dass man den Spalt mit einem Inbusschlüssel und ein paar winzigen Wüs aufstemmen könne, natürlich nicht. Ich setzte mich auf den Fußboden und versuchte pragmatisch zu denken, ich hatte ja noch das Klebeband. Das ginge, nur eben anders als geplant, nämlich schlechter. Nur, mit schlechter hat noch niemand die Bester-Papa-der-Welt-Tasse verdient. Ich nahm die Zigarettenschachtel aus der Hosentasche und steckte mir eine Zigarette in den Mund. Jetzt konnte ich auch in Linas Zimmer rauchen, das machte auch keinen Unterschied mehr.

Ich erklärte die leere Obstschale zum Aschenbecher. Als ich nach oben fasste, um die Schale zu mir runterzuholen, rutschte die Bauanleitung vom Tisch. *Schau doch nochmal,*

Lars, sagte die Kopfjohanna, und das war das Richtige, natürlich war es das. Ich blätterte die Anleitung nochmal durch, und für eine Sekunde fragte ich mich, ob ich das wirklich nicht verstanden hatte oder ob mein Hirn mir nur vortäuschte, dass es nicht ginge, weil ich nicht mehr wollte. Sowas macht mein Hirn, ich kann es nicht beweisen, aber ich glaube, sowas macht mein Hirn mit mir.

Der Mechanismus war nämlich eigentlich genial und im großen Schema der Dinge sehr erbaulich, wenn man es erbaulich findet, dass man Gewinde nachrüsten kann, und wie, wie, frage ich, sollte man das denn bitte nicht erbaulich finden.

Die Pleumel waren der Fixpunkt, an dem sich durch die in den Plodden vorgebohrten Arzen ein Knülp befestigen ließ. Die Niezen sollten überhaupt nichts halten, nicht mal die Pleumel oder die Knülpe. Es war eben genau das Zusammenspiel der unterschiedlichen, in sich ungenügenden Elemente, das dem Ganzen Halt geben sollte, und ich glaube, da ist eine tiefe Wahrheit drin über die menschliche Existenz oder zumindest eine mitteltiefe.

Ich schob den ersten Knülp in die Arze und drehte ihn mit dem Schraubenzieher um 45 Grad, bis sich die Wänge des Knülps um den Pleumel legte und so die Plodden aneinander fixierte. Schon als der erste Knülp seinen Ruhepunkt gefunden hatte, wackelten auch die Plodden nicht mehr. Der Rest war Freude. Den Knülp in die Arze einführen und mit dem Schraubenzieher so weit drehen, bis die Wänge den Pleumel greift. Nächster Knülp und der nächste und nächste und dazwischen Begeisterung, mehr noch, Bewunderung, eine tiefe Menschenfreude, eine große Liebe zu den bebrillten Menschen an den Reißplodden, die das so und eben nicht anders entschieden hatten. In einer Welt der Schrauben hatten sie sich für Knülpe und Pleumel entschieden, und vielleicht gab es dafür einen mechanischen Grund, vielleicht war auch das nur der Fetischcharakter der Ware, vielleicht ging es doch nur um Skalierbarkeit und Produktionskosten, um die Logik kapitalistischer Märkte. Aber in diesem Moment schien es mir wie ein künstlerischer Akt des Widerstands, als streckte jemand seine Hand aus und sagte *schau her, schau, was ich geschaffen habe, schau, wie es sich anschmiegt, schau, wie es greift, schau, wie einfach, schau, wie komplex, schau, wie unnötig schön, schau, wie unendlich richtig.* Vielleicht ist das die Kunst, dachte ich, einen Knülp zu erfinden, wenn eine Schraube genügen würde, vielleicht ist es das, was es bedeutet, ein Mensch zu sein.

Übertreib nicht so, sagte Lina, *werd nicht übermütig*, sagte Johanna, und ich hörte nicht hin, schließlich war es nur der Übermut, der mich vorantrieb, schließlich wusste ich, dass Untermut und sogar Mittelmut nie reichen würden, dass es in dieser Welt und mit diesem Leben eben Übermut sein musste. Der Übermut versenkte die Knülpe, der Übermut blätterte um, lange Sporne spiralisierte er davon, Schlitzlinge kreuzschlitzte er in Örsen, Plötze in Plodden an Philominen, fünfzig Wörle in die Wolpen, schnell die letzten drei Langen wegspornen, zweiunddreißig Hoshis, zack, zack, bam, Lattenrost drauf, Matratze, zartmatte Matratze, Decke, Kissen, fertig. Tatsächlich fertig.

Und dann war da ein Bett. Ein wirkliches, echtes Bett, das ich geschaffen hatte, vielleicht nicht nach meinem Abbild, aber vielleicht eben doch. Zärtlich glättete ich die altrosa Bettdecke. Ich lehnte mich gegen den weißen Bettkasten, stützte mich mit ganzem Gewicht auf die Plodden, und nichts, wirklich nichts, wackelte. Ich will nicht übertreiben, aber es schien mir, als wäre das Bett eine Metapher für mein neues Leben, in dem dann alles seinen Platz fände und kein Teil mehr übrigbliebe. Ich sah es schon vor mir. Ein Leben, in dem ich war wie ein Knülp in einer Arze, der einen Pleumel fest umschließt, bis wirklich nichts mehr wackelt.

Ich holte meine Liste aus der Hosentasche.

Ich schaute auf mein Bett.

Ich setzte meinen zweiten Haken.

Margaret Thatcher lächelte.

3. PUTZEN

Wenn man Achterbahn fährt, dann gibt es diesen Moment, wo es steil bergab geht, der Wagen rast immer schneller und man denkt, dass man nie wieder wird bremsen können, ein bisschen erschreckt einen das, aber ein bisschen ist es auch schön, immer schneller zu werden und immer leichter, man denkt, es würde immer so weitergehen, schneller und schneller und leichter bis in die Unendlichkeit, und dann kommt man ins Tal, ist immer noch viel zu schnell, es geht bergauf, und es fühlt sich an, als würde man immer noch beschleunigen, als bräche man jederzeit aus den Schienen aus, als verließe man die Erdumlaufbahn und erreichte sehr bald den Mars, und dann, wenn man kurz davor ist, der Erde für immer *Lebewohl* zu winken und sich an sein neues Leben im All zu gewöhnen, bleibt der Wagen auf einmal stehen. Also, man steht dann nicht wirklich, aber die Beschleunigung schlägt so plötzlich und absolut in Entschleunigung um, dass man auf einmal fest überzeugt ist, der Wagen könne die letzten Meter gar nicht erklimmen, müsse unweigerlich ins Tal zurückrollen, wo man dann endgültig zum Stehen käme, wo man stundenlang auf halber Höhe festsäße, bis peinlich berührte Fahrgeschäftsbetreiber einen endlich befreiten.

Ich also, ein letzter Blick auf Linas Bett, ein letzter Blick zu Maggie, tänzle aus dem Zimmer, jogge leichtfüßig zur

Treppe, werde immer schneller, überspringe eine Treppenstufe, dann zwei, dann drei, lande im Flur, nehme den Schwung gleich mit *jetzt nur noch schnell putzen und Lebenswerk und so*, renne durch den Flur, immer Richtung Mars, immer Richtung neues Leben, immer Richtung neuer Lars, springe über einen Karton, dann über noch einen, dann über viele, dann alles voll Tassen und Teller und Kippen in Marmeladengläsern und ganz viel Schmutz und *ach du Scheiße, Lars,* und auf einmal stehe ich neben dem Sofa. Und da stehe ich dann, da stehe ich und warte.

Ich weiß wirklich nicht, wie man so leben kann. Daran denke ich oft, wie Johanna das zu mir sagte, als sie mich das erste Mal besuchte, das war noch in der WG, ist jetzt auch bestimmt fünfundzwanzig Jahre her, Gott, wie die Zeit vergeht, da hatten wir uns gerade erst kennengelernt, Ringvorlesung Analytische Philosophie. Johanna meinte es gar nicht böse, das habe ich sofort gemerkt, es war so eine ganz aufrichtige Neugier, mit der sie sich damals einen Pfad durch die Pfandflaschen bahnte und die goldgelben Braunsteinkaskaden in der Toilettenschüssel erforschte. *Und das stört dich gar nicht?,* fragte sie, und ich sagte, dass es ja nicht für immer sei und man einfach nicht so genau hinschauen dürfe, dann ginge es. *Aber es stört dich schon?,* fragte sie, und ich sagte *klar stört mich das, aber halt nur, wenn ich hinschaue,* und dann nahm sie mich bei der Hand und dann putzten wir die Wohnung und dann liebten wir uns auf dem nebelfeuchten Laminat.

Ein paar Tage später sah es natürlich wieder ganz genauso aus, und Johanna sagte *du solltest echt mal lernen, Ord-*

nung zu halten, und ich sagte, dass ich nicht mal im Ansatz wüsste, was das überhaupt bedeuten solle, *Ordnung halten,* einen schweren Stapel Bücher könne man halten, einen Hund oder meinetwegen ein Fahrzeug, manchmal besser den Mund, aber Ordnung, die rinnt einem doch sofort durch die Finger. Johanna lächelte dieses mildtätige halbmondäugige Meryl-Streep-Lächeln, nahm mich wieder bei der Hand und dann wurde das so ein Ritual mit Johanna, dem Putzen und dem Lieben. So oft haben wir das gemacht, dass es ein Wunder ist, dass ich nicht automatisch, wenn ich Meister Proper rieche, also untenrum und so weiter.
Auf jeden Fall habe ich das mit dem Ordnung-halten nie verstanden und Johanna das mit dem Nicht-Hinschauen. Das ist nämlich wirklich eine Kunst oder zumindest eine Kunstfertigkeit, die manche eben können und andere nicht. Johanna ist übrigens auch kein extrem ordentlicher Mensch, also wenn sie kocht, sieht es aus wie explodiert, *das sieht ja wieder aus wie explodiert,* sagt sie dann, weil ihre Mutter das auch immer sagt. Aber das Ding ist, dass es bei ihr nicht bleibt.
Sie kann es dann nicht so lassen, weil sie es immer sieht. Sie muss dann die Küche wieder sauber machen, auch wenn es schon spät ist und sie früh rausmuss. Oder allerallerspätestens darf es bis zum nächsten Tag stehen bleiben, aber dann ist sie wahnsinnig grummelig, wenn sie aufsteht, und wird erst wieder normal, wenn alles in Ordnung ist. Weil sie es einfach immer sieht. Und wenn sie auf Klassenfahrt fährt, also wenn sie wiederkommt, sagt sie *sag mal, siehst du's echt nicht?,* und ich sage dann *nein,*

ich sehe es echt nicht, und je nachdem, wie die Fahrt war, lächelt sie dann halbmondäugig oder sie schüttelt den Kopf, haut sich die Stöpsel in die Ohren, dreht die Musik so laut auf, dass die Gitarren trotzdem durch die ganze Wohnung schreien, und dann putzt sie ganz allein, und geliebt wird sich auch nicht.

Und das mit dem Nicht-Sehen stimmt natürlich nicht ganz, also es stimmt, aber eben nur so halb. Mal ein Beispiel.

Irgendwann Anfang Dezember oder so habe ich mir einen Kaffee gemacht. Die Maschine war ja schon länger kaputt, also mache ich den Kaffee immer direkt in der Tasse. Zwei Löffel Kaffeepulver, dann kochendes Wasser, ein paar Minuten warten, dann setzt sich der Kaffeesatz ab. Oben treiben dann nur noch ein paar ganz kleine Inseln, aber da kann man drumrum trinken, oder man kann die auch zerkauen und schlucken, ist ja nicht giftig. Eigentlich trinke ich den Kaffee schwarz, aber seit Johanna weg ist, kaufe ich manchmal Milchmädchen aus der Tube, das erinnert mich an früher und gibt mir so Oma-Gefühle, die gut sind, wenn man allein im Haus ist. Ich also Milchmädchen in den Kaffee, dann nochmal umgerührt, weil das ziemlich zähflüssig ist, und wenn man nicht umrührt, dann setzt sich das Milchmädchen einfach ab, mit dem Milchmann oder so, *Dad Humor* würde Yannis jetzt sagen, egal. Wenn man umrührt, dann schwimmt natürlich der Kaffeesatz wieder obenauf. Ich nehme also die Tasse, die wegen Milchmädchen auch ziemlich voll ist, und gehe ins Wohnzimmer und bleibe mit dem Fuß am Couchtisch hängen. Da stand noch so ein Amazonkarton, deswegen Ausfallschritt, dann eben hängen geblieben. Ich fange mich gerade so, nur der Kaffee schwappt aus der vollen Tasse. Jetzt landet also eine Ladung Kaffee mit Kaffeesatz und Milchmädchen auf dem Couchtisch und ein bisschen auch auf der Couch. Ich stelle den Kaffee auf den Couchtisch und nehme ein T-Shirt von der Couchlehne und reibe die Couch trocken, das geht ganz gut, ist ja Leder, nur an der einen Stelle ist die Couch schon so abgewetzt, dass der Kaffee einzieht, also drücke ich das T-Shirt mit der trockenen Seite auf den Fleck und da lasse ich es dann erstmal liegen, um den Rest rauszuziehen, Kapillareffekt oder so. Jetzt ist aber der Couchtisch noch nass, also zögere ich kurz, weil ich eigentlich sitzen und Kaffee trinken will, hole dann aber doch einen Lappen aus der Küche und wische den Couchtisch ab, und dann bringe ich den Lappen sogar zurück in die Küche, werfe ihn in die Spüle und nehme mir noch einen Keks mit, den hatte ich nämlich ganz vergessen, und als ich mich wieder auf die Couch setze, sehe ich, dass ich auch aufs Parkett gekleckert habe und dass da also eine Pfütze aus Kaffeesatz und gezuckerter Kondensmilch ist, und ich denke noch *das Parkett quillt* und *das klebt bestimmt* und *das musst du dann gleich wegmachen*, aber erstmal Keks und Kaffee und Kippe, und ich schwöre, das ist das letzte Mal, dass ich den Kaffeefleck gesehen habe.

Also nicht ganz das letzte Mal, an dem Abend, als ich mich auf die Couch lege und da immer noch das T-Shirt auf dem Leder klebt, und mittlerweile ist es schon ziemlich steif, wegen dem Zucker, denke ich, *ach das musst du morgen auch noch wegmachen* und da sehe ich dann den

Kaffeefleck nochmal, aber da bin ich schon ziemlich müde, also schaue ich lieber auf mein Telefon als auf den Fleck.
Oder wenn ich morgens aufstehe und meine Füße so am Parkett kleben und ich dann auch so ein bisschen Kaffeesatz spüre und Kekskrümel zwischen den Zehen, dann sehe ich den Fleck auch, aber dann ist es kein Fleck mehr, dann ist es schon schmutziger Fußboden, 70 qm Fläche, die gewischt werden müssen allein im Erdgeschoss. Und dann klebt ja eben auch die Couch und der Couchtisch, und ich weiß nicht wieso, aber der Sessel klebt auch, an allem haftet so eine heimtückische Klebrigkeit, und wenn man den Fleck jetzt wegmachen würde, und der ist ja sowieso schon festgetrocknet, aber wenn man ihn jetzt wegmachen würde, dann würde man nur noch deutlicher fühlen, was sonst noch alles klebt.
In Wahrheit klebt immer alles. Überall. Und dann müsste man putzen, und dann müsste man aufräumen. In der Küche müsste man dann aufräumen, im Wohnzimmer müsste man aufräumen, oben im Arbeitszimmer unterm Dach, wo man ja eigentlich ein Lebenswerk verfassen will, müsste man ganz ordentlich aufräumen, im Schlafzimmer, was mal ein gemeinsames Schlafzimmer war, aber schon lange kein gemeinsames Schlafzimmer mehr ist, muss man bestimmt mal so richtig aufräumen, und eh man es sich versieht, sieht man, wenn man jetzt tatsächlich hinsähe, dann müsste man das ganze Leben aufräumen.
Also sieht man besser nicht hin.
Und die Welt denkt dann vielleicht, man sei faul, dabei ist man den ganzen Tag schwer damit beschäftigt, nicht hinzusehen. Und das wissen die wenigsten, wie anstrengend

es ist, nicht hinzusehen, wie viel Kraft es kostet, den Fuß nach jedem Schritt am Hosenbein abzustreifen und trotzdem nicht zu putzen.
Und dann steht man da, hat monatelang nicht hingeschaut und hat eine Liste, auf der steht *3. Putzen,* und man weiß ganz genau, wenn ich das jetzt mache, dann muss ich hinschauen und dann sehe ich alles, also *alles*. Man faltet die Liste, man steckt sie in den Werkzeuggürtel, man schließt die Augen, man zählt nochmal bis drei, eins sagt man, zwei sagt man, zweieinhalb sagt man, zweidreiviertel, man gähnt, man betet vielleicht nochmal oder versucht es zumindest und wünscht sich, da wäre ein Gott, zu dem man beten könnte, man dehnt den Raum zwischen zweidreiviertel und drei bis in die Ewigkeit, man denkt an Johanna, das Laminat und die Liebe, man sagt, *mach's gut, Lars* und dann öffnet man die Augen.
Und dann sieht man den Kaffeefleck und alles andere sieht man auch. Man läuft in die Küche, um Putzzeug zu holen, und während man läuft, sieht man, man kann gar nicht mehr aufhören zu sehen. Die leeren Amazon-Kartons sieht man, dass man doch wieder bei Amazon bestellt hat, obwohl Yannis ja recht hat und man den Einzelhandel doch gerade jetzt wirklich unterstützen sollte, die Styroporboxen mit Soßentränen wie larmoyantes Harz sieht man, die leeren Minuten-Terrinen, den moosigen Bewuchs auf Tassen und Tellern, die leeren Cola-Zero-Flaschen, die leeren Weinflaschen, die halbvollen Hochprozentigen, die Marmeladengläser mit braunem Kippenbrack sieht man und dass man immer noch nicht aufgehört hat zu rauchen, sieht man auch, einen alten

Schlitten, den man geölt, aber nicht wieder weggeräumt hat, falls die Kinder doch noch mal Rodeln wollen, ungeöffnete Briefe, geöffnete Briefe, die man sofort wieder in ihre Umschläge gestopft hat, zerknülltes Papier, Seiten, auf denen steht *Lebenswerk*, doppelt unterstrichen, und sonst nicht viel.

Man läuft in die Küche und öffnet den Schrank unter der Spüle und da fallen einem sofort die Putzsachen entgegen. Beim letzten Versuch hat man alles nur so reingestopft und dann schnell die Tür zugesperrt, damit man nicht weiter hinschauen muss. Man nimmt einen Eimer und will ihn in der Spüle befüllen, nur die Spüle steht voll, also stellt man den Eimer daneben, man hält ihn schräg, damit das Wasser trotzdem irgendwie einlaufen kann, die Hälfte geht daneben, fließt über die zugestellte Arbeitsfläche und tropft dann klebrig zu Boden, und während das Wasser läuft, denkt man *Lebenswerk, Lars, Lebenswerk.*

Und dann denkt man daran, wie es war, als man das Haus gekauft hat, damals, wie man zu Johanna sagte *hier schreibe ich mein Lebenswerk*, und wie Johanna sagte *Sicher?*, und wie man dann sagte *ja, ganz sicher*, und wie man sich das fast glaubte. Und wie man kündigte, wobei man ja eine der allerletzten festen Stellen hatte, solche Stellen macht der Sender gar nicht mehr, und man gab sie auf, weil man ja wusste, dass man jetzt endlich das Lebenswerk schreibt, und wie Johanna jeden Morgen *viel Erfolg* und *du schaffst das!* rief und wie sie sich das auch fast glaubte, und wie sie dann zur Schule ging, während man bis nachmittags liegen blieb, und wie das jetzt schon acht Jahre her ist, das mit dem Haus, das mit dem Kündigen sogar noch länger, und wie wenig man geschrieben und wie viel man gelöscht hat, und wie man sie jeden Tag enttäuscht hat und wie sie einen jeden Abend milchmondäugig anschaut, *und?*, sagt sie dann, *ganz gut,* sagt man und wie man weiß, dass es nicht *ganz gut* ist, dass es in Wahrheit nicht mal *halb gut* ist, nicht mal *viertel gut*, nicht mal fünfundzwanzigstel gut, weil es überhaupt nicht *gut* ist, und wie man weiß, dass sie es auch weiß, jeden Tag weiß sie es ein wenig besser, und jeden Tag zweifelt sie ein wenig mehr, und wie man eigentlich nur auf ihre Kosten lebt und wie es kein Wunder ist, wenn sie einen nicht mehr liebt, und wie auch die Kinder einen nicht mehr lieben, wie einen eigentlich niemand mehr liebt, dass sie einen hassen oder hassen sollten, wenn sie ehrlich wären, wie man sich selbst hasst, wenn man ehrlich ist, sowas denkt man dann, wenn man erstmal hinschaut, und deswegen sollte man lieber nicht hinschauen.

Ich schloss die Augen und hielt meine kalten Hände unter das Wasser. Es fühlte sich warm an und weich und rein. Und dann war der Eimer voll. Ich spritzte Spülmittel hinein und verquirlte alles, bis es schäumte. Eine schüchterne Blase löste sich aus dem Schaum und stieg empor. Mit der Hand wedelte ich ihr Luft zu, sie stieg auf, höher und höher, schwebte über der Arbeitsfläche, tanzte durch die Küche und zerplatzte über dem Küchentisch, winzig kleine Tröpfchen nieselten auf den Dreck.

Ich nahm den Eimer und einen Lappen und lief ins Wohnzimmer.

Den Eimer stellte ich neben den Couchtisch, wrang den

Lappen aus und wischte über den Fleck und dann nochmal und nochmal. Schnell und fest schrubbte ich, bis die eingetrocknete Kondensmilch den Kaffeesatz endlich freigab und der Fleck immer heller wurde und schließlich verschwand. Vor mir lag jetzt kein Schmutzfleck mehr, vor mir lag ein kleiner Flecken Sauberkeit, wie das Negativ eines Fotos hatte ich den Dreck in sein Gegenteil verkehrt, was eben noch Schmutz war, war jetzt Sauberkeit.

Ein *Nomos* hätten wir früher dazu gesagt, als wir auf meiner 90 cm-Matratze lagen und uns gegenseitig vorlasen, Hannah Arendt oder Janosch, die gesammelten Marx-Engels, bis uns kommunistisch wurde, Kafka, Woolf oder Weber oder Simmel, oder dann eben Peter Berger, weil Johanna gerade eine Soziologiephase hatte und weil wir dann gemeinsam eine Soziologiephase hatten, weil wir damals immer irgendeine Phase hatten, gemeinsam. Und Johanna gefiel das bei Berger und mir dann auch. Irgendwann klebte eine weiße Karteikarte über meinem Bett, auf die Johanna in ihrer ordentlichen Referendarinnenschrift geschrieben hatte *Nomos (griechisch νόμος; Plural Nomoi): ein Fleckchen der Bedeutung, herausgemeißelt aus der unendlichen Masse der Bedeutungslosigkeit, eine kleine Lichtung der Klarheit in einem formlosen, dunklen, ständig dräuenden Dickicht.*

Ich tauchte den Lappen in den Eimer, wrang ihn nochmal aus und zog ein Quadrat, vielleicht einen Meter, um die Stelle, wo eben noch ein Kaffeefleck gewesen war. Wie ein Rasenmäher im Stadion zog der nasse Lappen Bahnen übers Parkett, eine Bahn direkt an der anderen, erst vertikal, dann horizontal. Als ich fertig war, nahm ich ein

T-Shirt von der Couchlehne und polierte das Quadrat trocken. Ich stand auf, stellte mich vor mein *Nomos*, vor mein Fleckchen der Bedeutung, meine Lichtung der Klarheit, und machte einen Schritt, sodass ich in der Mitte des sauberen Quadrats stand. Dann setzte ich mich. Erst versuchte ich einen Schneidersitz, nur das ging nicht, weil meine Knie das nicht mitmachen und dann ist der Rücken so krumm, dann also japanisch, Schienbeine und Zehenspitzen auf den Boden, sodass man auf den Unterschenkeln sitzt und ein bisschen auf den Fersen, was auf Dauer auch wehtut, vor allem am Körper. Ich richtete mich auf, Kopf hoch, Schultern zurück wie ein Zen-Mönch oder ein japanischer Fußballspieler mit einer aufgeräumten Seele, und fuhr mit den Zeigefingern einmal um das Quadrat herum, als zöge ich eine Grenze. Vielleicht zieht man Grenzen so, imaginierte Linien, die die Ordnung vom Chaos trennen.

Schau, Lars, wo du bist, herrscht Ordnung. Ich tastete die Stäbchen des Parketts ab. Reihe an sauberer Reihe, keine Kaffeeflecken, kein Staubkorn, kein Versagen. In meinem Nomos war alles in Ordnung, dachte ich, und dann dachte ich es nochmal und nochmal, und dann sagte ich es sogar, *in Ordnung*, sagte ich, *in Ordnung*, weil es mir auf einmal wie das Schönste vorkam, was je ein Mensch gesagt hatte. *Schau, Lars, du bist in Ordnung*, sagte ich und atmete ein und atmete aus, schloss die Augen, *ich bin in Ordnung*, sagte ich, und dann lachte ich, weil ich mir lachhaft vorkam oder sowas wie glücklich.

Dann war es leicht. Beinahe lächerlich leicht.

Wenn man selbst *in Ordnung* ist, kann einem das Chaos

nichts anhaben. Also zerriss ich Versandhandelkartons und stapelte die Kartonrechtecke in kleine Türme, ich räumte die Spülmaschine aus und wieder ein, als hätte ich mein Leben lang nichts anderes gemacht als Spülmaschinen einräumen und Tetris spielen, was ja zur Hälfte fast stimmte. Ich schrubbte eingebrannte Töpfe, Müll brachte ich raus, und vielleicht nieselte es, aber nass wurde ich nicht, ich saugte, ich wischte, dann rannte ich die Treppe hoch, immer zwei Stufen auf einmal, und noch beim Hochrennen hatte ich eine Idee für den Staub auf Linas Puppen. Von Linas Schminktisch schnappte ich mir die beiden Föhns, einen links, einen rechts, und blies den Staub weg, *Hasta La Vista Baby*, und der Staub sagte noch *I'll be back* und ich dann aber so *Yippie-Ya-Yeah, Schweinebacke*, und dann sagte der Staub nichts mehr. Die viktorianischen Puppen fielen vor Begeisterung in Ohnmacht, aber definitiv nicht auf den Fußboden, sie lächelten lebensecht, sie feuerten mich an, sie jubelten meinen Namen, warfen mir ihre Puppenschürzen zu, nochmal saugen, nochmal wischen, nächstes Stockwerk, Staub zu Staub, Papier zu Papier, und obwohl ich schon ewig nicht mehr in meinem Arbeitszimmer gewesen war, war es gar nicht schlimm, weil ich ja wusste, dass mein Lebenswerk im Prinzip auch fast schon fertig war, nochmal saugen, wischen, auf dem Treppengeländer ins Erdgeschoss zurückrutschen, Tanzmontage zu Synthie-Pop, deutsche Hugh Grant, wie ich so die letzten Kleinigkeiten an ihre Orte zurückdance und dann noch schnell Staubsauger und Wischmopp ins Kämmerchen, *wenn man immer gleich alles zurückräumt, entsteht erst gar kein Chaos*, und dann letzter Kontrollblick, Nicken im Takt, Zettel im Takt, Haken im Takt, fertig im Takt.

Lars, du bist ein Teufelskerl.

Und dann gab es da nur dieses eine kleine Problem. Und es war wieder das mit dem Hinschauen. Und irgendwie auch wieder die Kopfjohanna. *Erde an Lars*, sagte sie, *Erde an Lars.* Und dann öffnete ich die Augen und war zwar immer noch in Ordnung, feinsäuberlich aufgeräumt in meinem herausgeputzten *Nomos*, nur da draußen war eben immer noch Chaos. Also ich hatte jetzt zwar alles geputzt, aber eben doch wieder nur im Kopf, und was nützt denn die Ordnung in Gedanken?

Viel nützt die, natürlich nützt die viel. Aber eben nicht alles, also die Ordnung in Gedanken muss sich dann eben noch in die materielle Wirklichkeit verwandeln, also im marxistischen Sinne geht es eben nicht um eine Phänomenologie der Ordnung, sondern um die real existierende Sauberkeit. Es reicht nicht, den Hausrat zu interpretieren, man muss ihn auch verändern. Man muss den Wischer vom Stiel auf den Mopp stellen. Also die Quantität des Putzens im Kopf muss eben noch in die Qualität der Sauberkeit im Haus umschlagen.

Also man muss eben immer noch putzen.

Also ich. Ich musste immer noch putzen.

3. PUTZEN (TEIL 2 SOZUSAGEN)

Später hieß es, dass just in diesem Moment in einer Explosion aus Blut und Glas und Borsten ein Eber durch die Terrassentür barst, quer durch die Küche galoppierte, dabei Stühle umriss und Lieferboxen zerfetzte, schließlich ins Wohnzimmer preschte, wo er scharrend und schnaubend wenige Meter vor mir zum Stehen kam. Später hieß es, er hätte mich angeschaut, wie ich da kniete, starr vor Angst und still vor Ehrfurcht, seine kleinen rohen Augen hätten die meinen gefunden, für einen Moment hätten wir einander erkannt, nicht als Feinde, sondern als Brüder. In diesem Moment, so hieß es, wussten wir, dass einer sterben musste, damit der andere leben könne. Der Eber sei losgerannt, ich hätte ihn an den Hauern gegriffen, so hätten wir miteinander gerungen, in einem Meer aus Blut und Schweiß und Tränen. Am Ende sei ich siegreich gewesen, wenn man es einen Sieg nennen will, dem Bruder mit bloßen Händen die Kehle rauszureißen. Dann hätte ich den blutenden Eber am Hinterlauf in den Garten gezogen, hätte ihn im Nieselregen verscharrt, ich sei wieder hineingegangen, im Trümmerfeld unseres Kampfes erkannte ich, dass es keine Sieger gab. Später, so hieß es, hätte ich wund und weinend trotzdem geputzt.

Und natürlich hieß es später so, weil ich es später so erzählte, und natürlich sagte Lina *Papa, du übertreibst, Wildschweine in der Vorstadt, als ob*, und natürlich würde ich mich fragen, ob man das alles mit Tollwut erklären könne, aber ich würde mich das nur sehr kurz fragen, mein Bruder war wild und edel, aber tollwütig wird er nie gewesen sein.

Also wird es heißen, dass es plötzlich anfing zu hageln, Kugeln, groß wie Kinderköpfe, schwer wie Iridium, explosiv wie Bomben, *richtiger Bombenhagel*, wird es heißen. Wie er ins Dach krachte, wie er sich durch die Stockwerke bohrte, wie er einschlug in berstendes Holz und einstürzende Bücherstapel. Geduckt sei ich zum Couchtisch gerannt, und als der Hagel kein Ende fand, schulterte ich den Tisch wie einen Schild, und während der Hagel alles verwüstete und die Verwundeten in den Gräben schrien, räumte ich trotzdem auf. Und Yannis wird sagen, dass es am 31. Dezember nicht gehagelt habe, das wisse er ganz genau, schließlich wohne er nur ein paar Straßen weiter und schließlich habe er das Wetter den ganzen Tag beobachtet, wegen der Silvesterfeier und der Feuerstelle im Garten, und *extrem lokalisiertes Wetterereignis* würde ich dann nicht sagen, weil Yannis sonst bloß wieder mit Klima anfinge, und ganz ehrlich, es gibt wichtigere Dinge als immer nur Klima, das Haus trotzdem putzen, zum Beispiel. Millionen Menschen putzen täglich das Haus, aber wie viele kümmern sich ums Klima. Eben.

Es wird heißen, eine CIA-Spezialeinheit habe sich vom Dach abgeseilt und mich in internationale Gewässer verschleppt, ein entwurzeltes schwarzes Loch habe mich in seinen Ereignishorizont gezogen, nach Jahrzehnten des Versteckspiels sei das Monster ausgemergelt unterm Bett hervorgekrochen, ein jähzorniger Xenomorph sei aus meinem Brustkorb geplatzt, jede verwaiste Seite meines Lebenswerks sei plötzlich aufgestoben und kreischend auf mich niedergestürzt, es wird heißen Alienentführung, es wird heißen Vulkanausbruch, es wird heißen Wiederauferstehung der Toten, all das wird es heißen und nichts, wirklich nichts, wird dem gerecht werden, was wirklich passiert ist.

In Wirklichkeit ist nämlich nichts passiert.

Und da könnte man meinen, nichts sei nicht viel, nur das stimmt dann eben genau nicht. Wenn ich mir mein Leben so anschaue, dann ist wirklich noch nie etwas am Weltuntergang gescheitert, auch nicht an Außerirdischen, nicht mal an Ebern, aber wirklich viel, eigentlich alles, scheitert an nichts.

Und das sage ich nicht nur so, weil es gut klingt, und so gut klingt es auch gar nicht, *alles scheitert an nichts, so deep, Lars*, sondern weil es eben stimmt, käme mein Eber, ich würde unverzüglich mit ihm kämpfen, ohne *Momentchen noch*, ohne *erstmal eine rauchen* und ich *leg mich nochmal hin*. Ich würde vielleicht verlieren, aber ich würde nicht zögern und ich würde nicht zweifeln. Oder bei einem Vulkanausbruch, da wäre ich aber sowas von sofort auf den Beinen. Und ich will nichts verharmlosen, aber wenn hier wirklich Bomben fielen, da würde sich Lina am Ende nicht das Augenrollen gerade noch so verkneifen müssen. Da würde ich natürlich kämpfen. Man will sich das gar nicht vorstellen, wie ich kämpfen würde, wenn mich nur endlich jemand angriffe. Und ich hätte natürlich sofort aufgeräumt oder die Steuern gemacht, sogar das Lebenswerk hätte ich längst runtergeschrieben, wenn jemand so gütig gewesen wäre, mir eine Pistole zwischen die Schulterblätter zu pressen und wenigstens ein kleines bisschen nervös zu zucken. Alle behaupten immer, sie wollen einem helfen, aber einfach mal zur Handfeuerwaffe greifen, das will dann wieder keiner. Und dabei könnte es doch so einfach sein, wenn es nur viel schwerer wäre. Wenn es hart auf hart kommt, kann man alles schaffen, aber meistens kommt es weich auf weich, und da bleibt man besser liegen.

Und ich merkte ja schon, wie ich langsam schlaff wurde, wie ich in die kleine quadratische Lichtung blinzelte und das warme Licht betrachtete, die leuchtenden Staubkörner, wie sie durchs Gold tanzten und über dem Boden schwebten, dahinter Manhattan jenseits der 14. Straße um elf Minuten nach Mitternacht in einer klirrend kalten Dezembernacht, womit ich sagen will, dahinter lag das Chaos, so sah es nämlich aus, das Chaos, so sah es aus in Worten, eigentlich sah es ganz anders aus, aber so kann man es sich vorstellen, dahinten dunkel, schmutzig und kalt, Manhattan nach Mitternacht, und hier ich auf meiner goldenen Insel.

Und irgendwie sieht das Chaos ja immer so aus. Ordentliche Wohnungen sind auf ihre eigene Art ordentlich, alle unordentlichen Wohnungen gleichen einander. Und egal welches Farbkonzept die ordentliche Wohnung mal hatte, im unordentlichen Zustand sind sie immer grimmgraubräunlich mit einer dicken Schicht Weltuntergang. Und das ist natürlich kein Zufall, das ist Thermodynamik, auch wenn Johanna das nicht hören will, auch wenn sie dann sagt *Lars, erklär mir jetzt bitte nicht, wie Thermodynamik funktioniert,* und ich dann sage, *lass es mich dir nur ein Mal erklären.*

Und natürlich weiß Johanna, dass man nicht ernsthaft putzen kann, ohne über Chaos nachzudenken, und dass man dann auch sofort beim zweiten Hauptsatz der Thermodynamik ist, bei der Irreversibilität der Entropie, beim lauwarmen Rauschen der Materie, bei Elektrischen Schafen und der Apokalypse, das alles weiß sie, aber sie hat es eben noch nicht verstanden.

Es ist nämlich so: Es gibt keine Zustandsänderung, deren einziges Ergebnis die Übertragung von Wärme von einem Körper niederer auf einen Körper höherer Temperatur ist. So viel ist klar. Ein angetauter Eiswürfel kann in einem warmen Tee schmelzen, aber er kann nicht wieder durchfrieren. Was wärmer ist, gibt Wärme an das Kältere ab, das Kältere überträgt keine Wärme an das Wärmere, das macht ja alles Sinn. Und Wärme ist natürlich auch nur Energie. Die Menschen sterben, zerfallen, werden Staub, aber aus Friedhofserde werden keine Lebenden. Und so wird alles leblos und lauwarm, was ja auch nur bedeutet, alles wird Chaos, und in Wirklichkeit: Alles wird gleichmäßige Verteilung. Das ist nämlich Chaos, nicht *das hier* und *dieses dort*, sondern alles irgendwie überall. Das ist Tod, eine gleichmäßige Ausbreitung der Atome, die vorher ordentlich sortiert waren. *Komm zum Punkt, Lars.* Der Punkt ist, dass gleichmäßige Verteilung viel wahrscheinlicher ist als ungleichmäßige Verteilung, also viel, viel wahrscheinlicher. Und das ist nämlich wirklich spannend, auch wenn Johanna das dann nicht mehr hören will, auch wenn sie dann sagt, dass sie Mathematik studiert hat und ich nur Youtube.

Als könne man auf Youtube nicht wirklich viel lernen, also über Physik oder über Mathematik oder wie man eine Spaghetti Cacio e Pepe verlässlich emulgiert, das Geheimnis ist Stärkegel, oder darüber, wie Torten aussehen, wenn sie sich auf Drehtellern drehen, wie Tennisbälle aussehen, wenn sie von hydraulischen Pressen zerdrückt werden, oder darüber, wie man androgenetischen Haarausfall eben doch aufhalten kann, über männliche Leistungsfähigkeit, über Kulturmarxismus, darüber, wie einem Hyaluronsäure einen natürlichen Glow verleiht. Oder über Meditation, über Autonome Sensorische Meridianresonanz, darüber, wie es im Hinterkopf kribbelt, weil eine Frau in ein Mikrofon flüstert und mit Zellophanpapier knistert, wie genau man es fühlt, wenn sie einem erzählt, dass sie einem den Bart stutzt, oder die Haare kämmt, oder eine Feuchtigkeitscreme aufträgt, auch wenn sie Tausende Kilometer weit weg ist, spürt man das, oder über Holzdrechseln, über Aszendenten, über Algorithmen. Vor allem über Algorithmen. Darüber, wie sie einen reinziehen, bis man Dinge schaut, die einen nie interessiert haben, darüber, wie gerne man Algorithmen entscheiden lässt, wofür man sich dann früher oder später wohl doch interessiert. Dass man sich in Wahrheit alles anschaut, solange da nur ein Mensch ist, der einem etwas erzählt, und dann ist es egal, was dieser Mensch einem erzählt, man möchte nur, dass jemand mit einem redet. Man möchte einfach nur in ein menschliches Gesicht schauen, eine menschliche Stimme hören, die einem sagt, dass alles gut wird. Dass man sich keine Sorgen machen muss. Dass man nicht allein ist. Aber vor allem über Physik.

Es ist nämlich so: Das zweite Gesetz der Thermodynamik ist praktisch das stabilste Gesetz von allen. Also, wenn man eine physikalische Theorie hat, und die widerspricht dem zweiten Gesetz der Thermodynamik, dann kann man sich ziemlich sicher sein, dass die Theorie Quatsch ist, so stabil ist dieses Gesetz. Die sind ja nicht alle so stabil. Also im Prinzip macht Einstein mit der Relativitätstheorie ja nichts anderes, als zu zeigen, wo die ganzen Standardgesetze nicht zutreffen, aber gegen das zweite Gesetz der Thermodynamik kannst du nichts machen. Das steht. Und das liegt nur, also ausschließlich, an den Differenzen zwischen den Wahrscheinlichkeiten verschiedener Makrozustände.

Es gibt nämlich Makrozustände und Mikrozustände. Also wenn man sich zum Beispiel ein Schachbrett vorstellt, oder nein, besser noch einen Zauberwürfel, einen ganz normalen Zauberwürfel, so einen, den in den Achtzigern alle hatten, und seitdem schleppt den jede Generation neu an, dann hat der zwei Makrozustände, nämlich *gelöst* und *nicht gelöst*. Und das ganze Spiel ist eigentlich nur, dass man versucht, den Zauberwürfel vom Makrozustand *nicht gelöst* in den Makrozustand *gelöst* zu überführen. Und das ist nur deshalb so wahnsinnig schwer, weil der Makrozustand *gelöst* nur einen einzigen Mikrozustand hat, nämlich den, in dem alle blauen Kästchen auf der blauen Seite sind, alle grünen auf der grünen, alle weißen auf der weißen und so weiter.

Sobald auch nur ein einziges blaues Viereck sich zu gelb verirrt, befindet sich der ganze Würfel im Makrozustand *nicht gelöst*, da muss man den Rest gar nicht prüfen, wenn ein Viereck falsch ist, ist der ganze Würfel im Makrozustand *nicht gelöst*. Zum Makrozustand *nicht gelöst* gehören also alle Kombinationen, bis auf ebendiese eine einzige, die *gelöst* ist. Bei einem ganz normalen Würfel mit sechsundzwanzig Steinen enthält der Makrozustand *nicht gelöst* über dreiundvierzig Trillionen Mikrozustände, weil es ungefähr dreiundvierzig Trillionen verschiedene Arten gibt, wie die Kästchen kombiniert werden können. Was bedeutet, die Wahrscheinlichkeit, einen Zauberwürfel zu lösen, ist dreiundvierzig Trillionen plus minus ein paar Billiarden zu ganz genau eins, und es ist ja wohl lächerlich, wenn Lina behauptet, sie hätte das allein geschafft.

Und das Problem an der Sache ist, dass Ordnung bedeutet, *alles ist an seinem Platz*. So sagt Johanna das immer, weil ihre Mutter das auch immer so sagt. Also Ordnung ist, wenn wirklich jedes einzelne Objekt an genau dem einen Platz ist, der sein Platz ist. Das heißt, der Makrozustand *Ordnung* hat genau einen einzigen Mikrozustand. Und dann ist es egal, ob die Soßenkelle am falschen Haken, in der Spüle oder in der Sockenschublade ist (lange Geschichte), wenn sie nicht an dem einen einzigen Platz ist, der eben ihr Platz ist, dann befindet sich das ganze Haus im Makrozustand *Unordnung*. Und das ist nicht nur bei der Soßenkelle so, auch bei den Tassen, T-Shirts, Kabeln, kleinen schwarzen Plastiknübbeln, von denen man nicht weiß, ob die zu irgendwas gehören oder nur Verpackungsmaterial sind.

Und dann kann Lina noch so oft behaupten, dass sie den Zauberwürfel ja schließlich gelöst habe, dass der Weltrekord bei 3,47 Sekunden läge oder sowas Absurdes, das ist ja überhaupt kein Vergleich. Ein Zauberwürfel hat schließlich nur 26 Steine, aber wie viele Objekte befinden sich in einem Haus? Eben. Allein im Wohnzimmer, allein im Bücherregal. Acht Reihen mit Büchern, auf jeder Reihe sind um die sechzig Bücher. Allein im Wohnzimmer gut 480 Bücher, und das sind ja nur die Bücher. Wenn man jetzt mal überlegt, wie viele Objekte sich in einem einzigen Zimmer auf wie viele Arten verteilen können, da kommt man ja schnell in die Quindezilliarden, was eine echte Zahl ist, die man nur fast nie braucht, außer man berechnet die absolute Ausgeschlossenheit der Ordnung. Es gibt also praktisch unendlich viele Mikrozustände, die zum Makrozustand *Unordnung* gehören, und nur einen einzigen Mikrozustand der Ordnung. Aufräumen bedeutet im Grunde, einen Zauberwürfel aus abertausend Steinen lösen zu wollen, und das ist doch absoluter Irrsinn. Die Wahrscheinlichkeit von Ordnung ist also eins zu im Grunde unendlich, und im Grunde unendlich ist wirklich viel. Und deshalb ist Ordnung eben nur theoretisch möglich, aber praktisch vollkommen ausgeschlossen, das ist im Prinzip nur Thermodynamik, und das versteht Johanna einfach nicht, da hilft dann auch kein Mathematikstudium, das ist dann einfach so. Und da kann man dann nichts machen, da kann man sich dann einfach hinlegen, in der kleinen, eigentlich ausgeschlossenen Lichtung im Chaos, und es sich in der Illusion von Ordnung gemütlich machen. Also so gemütlich, wie man es sich in Illusionen eben machen kann, das Geheimnis ist Nicht-Hinschauen, Augen zu und durch, dann geht das schon.

Und das hätte ich auch gemacht, hätte mir die Decke von der Couch gezogen, vielleicht noch ein Kissen, hätte mir mein Telefon aus dem Tiefkühlfach geholt, hätte ein bisschen auf Youtube geschaut, wäre dem Algorithmus gefolgt, tiefer und tiefer, hätte mir den Kopf virtuell kraulen lassen, hätte mich anflüstern lassen, wäre womöglich wohlig weggeschlummert, wären in genau diesem Moment nicht tatsächlich Bomben gefallen. Wären nicht Schüsse gefallen. Also zumindest ein Schuss, zumindest klang es so, wobei es am Ende wahrscheinlich nur ein Böller war. Jedenfalls, es knallte.

Und weil es knallte, sprang ich auf. Und als ich merkte, dass es vielleicht doch keine Schusswaffe war, stand ich schon und hielt mein hustendes Herz. Und dann dachte ich, dass es doch wirklich bescheuert ist, am helllichten Tag Feuerwerkskörper zu zünden, und da erst merkte ich, dass der Tag gar nicht mehr so helllicht war, eigentlich dämmerte es schon, vielleicht dunkelte es sogar. Und das Hustende raste nur noch schneller.

Ich lief sofort in die Küche. Vor Wochen schon hatte ich Johannas große Bahnhofsuhr von der Wand genommen und irgendwo versteckt, weil nichts so nervt wie das permanente Mitteilungsbedürfnis vergehender Zeit. Tick, tick, tick. Jede verdammte Sekunde, als wäre Vergehen eine große Leistung und nicht nur eine kleine Ordnungswidrigkeit. Und natürlich wäre da noch die Backofenuhr gewesen, aber die sah ich nicht, also ich schaute nicht hin, und war mir dann ziemlich sicher, dass es so gegen drei sein musste, im Dezember wird es ja sehr früh dunkel, und das war später als geplant, aber alles noch zu schaffen, wenn ich mich jetzt ranhielt.

Also hielt ich mich ran. Räumte die erste Lage Müll vom Esstisch, 5-Minuten-Terrinen und Aluminiumschalen in den gelben Sack, Curryreste in den Biomüll, Pizzakartons in den Papiermüll und dann doch in den Restmüll, weil Johanna das mal nachgeschlagen hat und mir das immer so peinlich ist, wenn sie abends noch die Mülltonnen umsortiert und die Nachbarn schauen, wie Menschen schauen, die in ihrem ganzen Leben noch nie etwas in den falschen Müll geschmissen haben.

Das ist ja auch irgendwie kurios, dass sogar bei Müll noch alles seinen Platz haben muss, und dabei ist Müll doch »Materie am falschen Platz«, also das hatte ich auch auf Youtube gelernt, da lernt man nämlich wirklich viel, Mary Douglas definiert das so, aber die war Soziologin und Engländerin und bestimmt auch sehr klug, aber offensichtlich kein Experte für die Abfallrahmenrichtlinien der Bundesrepublik Deutschland, und da könnte man bestimmt auch nochmal drüber nachdenken, also über bundesdeutschen Abfall und dass man in einem Land lebt, in dem sogar Materie am falschen Platz am richtigen Platz landen muss, *nicht jetzt, Lars,* aber genau, nicht jetzt.

Also räumte ich die Spülmaschine aus, von unten nach oben, wie man das machen soll, wegen der Tropfrichtung des Restwassers, und es war natürlich nicht alles sauber geworden, weil im Leben ja nie alles sauber wird, aber immerhin sauber genug. Und dann ärgerte ich mich doch,

dass so viel Kaffeesatz in den Tassen geblieben war. Also friemelte ich das Spülmaschinensieb raus, das würde Johanna wahrscheinlich gar nicht auffallen, aber vielleicht würde ich ihr das irgendwann erzählen, dass ich sogar das Spülmaschinensieb sauber gemacht habe, obwohl es wirklich sehr schmierig war und roch wie Katzenfutter und bröckelnde Zahnfüllung, wenn der Zahnarzt sie raushebelt, weil Karies und anaerobe Zersetzung.
Auf jeden Fall war ich ziemlich zufrieden mit mir, wischte die Arbeitsplatte mit dem Schwammtuch ab, und dann sogar nochmal mit einem frischen Schwammtuch. Und dann merkte ich, dass der Spritzschutz auch ganz schön schmutzig war, und fing dann auch an, die Fliesen zu polieren. Und während ich so zufrieden vor mich hinpolierte und dachte, dass es doch eigentlich gar nicht so schlimm war und dass man das ruhig öfter machen könnte, fiel es mir wieder ein. Das Lebenswerk.
Lebenswerk, dachte ich also und das Rasende in der Brust dachte *schneller*. Und dabei wusste ich, dass es eigentlich keinen Grund zum Rasen gab. Die Küche sah nämlich eigentlich schon fast ordentlich aus, also in der Spüle stand kaum noch Geschirr, und der Tisch war auch schon beinahe freigeräumt, nur noch ein paar Stapel mit Manuskriptseiten, ein klein wenig Post und das bisschen Asche. Und wer eine Küche in Windeseile fast ordentlich hinbekommt, der kann auch ein Lebenswerk schreiben, da musste sich mein Herz gar nicht so anstellen. Und beim Lebenswerk hatte ich in den letzten Jahren auch schon Fortschritte gemacht. Also ich wusste schon einiges, nicht alles, aber wie das Lebenswerk aussehen würde, wusste

ich, also bis auf die Details, die müsste später eine Grafikdesignerin übernehmen, das war schließlich ihr Job. Aber im Grunde wusste ich fast alles über das Lebenswerk.

Es wäre geprägt, das würde man fühlen, wenn man es in der Hand hält, das habe ich mir tausendmal vorgestellt, wie ich es in der Hand halte, mit geschlossenen Augen. Wie ich das Auf und Ab der Prägung unter meinen Fingern spüre, den Fächer der dicht bedruckten Seiten unter meinen Daumen, und dann genau fühle, dass es jetzt wirklich wahr ist, nicht nur im Kopf, sondern auch in der Hand. Und hintendrauf stünde dann sowas wie »ein fulminanter Roman« oder »ein furioses Spektakel«, tragikomisch vielleicht, oder bittersüß. Und vorne wäre ein Titel drauf, ein leuchtender Titel, vielleicht in Gold. Den genauen Titel hatte ich noch nicht, aber ich hatte einen Arbeitstitel, weil man ja immer als Erstes einen Arbeitstitel vergeben muss, wenn man ein Dokument beginnt, sonst kann man das nicht speichern, und dann ist es weg, und das war mir natürlich auch schon passiert, mit Geschrei und Kaffeetassen an die Wand und allem, wofür man sich dann später schämt.

Also hatten die Lebenswerk-Dokumente einen Arbeitstitel. Sie hießen *Das beste Buch der Welt.doc* und *Das_beste_Buch_der Welt_Zweiter_Versuch* und *BesteBuch3* und dann noch ein paar mehr Versuche und dann *Das allerschlechteste Buch der Welt, Mann Lars, reiß dich endlich zusammen, du Kackvogel.* Aber darum geht es nicht.

Es geht um das beste Buch der Welt. Mit weniger muss man nämlich gar nicht erst anfangen. Und das wusste Johanna natürlich, auch wenn sie später sagte, ich solle doch endlich mal pragmatisch sein. Aber am Anfang, also auf der 90 cm-Matratze, als sie sich an mich drückte und das Licht so bläulich durch die Vorhänge schimmerte und Leonard Cohen für uns sang und wir eine Danach-Zigarette teilten, immer hin und her mit tastenden Fingern und zittrigen Herzen, da hatte ich genau das gesagt, dass ich das beste Buch der Welt schreiben würde, und sie hatte genickt. Aber da wollte sie auch noch die beste Doktorarbeit der Welt schreiben, da wollte sie auch noch einen mathematisch-philosophischen Paradigmenwechsel einläuten, und daraus ist übrigens auch noch nichts geworden, aber werfe ich ihr das vor, mit Verlaub, ich denke nicht.

Ich musste gerade daran denken, wie ich früher viel zu oft *mit Verlaub* gesagt habe, so halb-ironisch, und wie Yannis dann immer *mit Fallaub* sagte, wenn er sich mit seinen Kleinkindfäusten über irgendwas aufregte, einen kaputten Bagger, oder ein abwesendes Elternteil, oder Brokkoli. Wie herzzerreißend so ein Pummelgesicht ist, wenn es *mit Fallaub, kein Bokoli* plärrt.

Aber ich war eigentlich bei unseren Plänen und wie dann das Leben dazwischenkommt. Also eigentlich kam Yannis dazwischen. Und im Nachhinein will man sich dann gar nicht mehr vorstellen, wie lange man darüber nachgedacht hat, das wegmachen zu lassen, und dann ist es da, und man ist meistens so unendlich erleichtert, dass man es nicht hat wegmachen lassen. Was kein Argument gegen das Wegmachen ist, was natürlich eine vollkommen legitime medizinische Entscheidung ist, die jeder Frau offenstehen muss, und Yannis würde sagen *nicht nur Frauen können schwanger werden*, meinetwegen auch Männer, *auch nicht-binäre Menschen*, meinetwegen auch die.

Yannis hat mal gefragt, ob wir eigentlich nie darüber nachgedacht haben, also wegmachen, das ist noch gar nicht lange her, da konnten wir schlecht lügen, und Yannis war dann aber sehr überzeugt, dass es nicht schlimm gewesen wäre, weil wir dann ja nicht ihn hätten wegmachen lassen, sondern einen Zellhaufen, und Yannis hat sich danach so einen Aufkleber an die Tür gehängt, *Mein Körper gehört mir*, und Lina hat sich totgelacht, also nicht wirklich tot, Lina lebt natürlich, die leben ja beide, und sind gesund, Gott sei Dank. Aber natürlich hat Yannis recht, wir haben dazwischen verhütet, und hätten wir es wegmachen lassen, hätten wir auch nicht mehr verloren, als die wer weiß wie vielen Kinder, die wir alle weg-verhütet haben. Und an die denkt ja auch keiner, an all die verhüteten Kinder, die vielleicht total süß gewesen wären und schlau, die ganz merkwürdige Ticks gehabt hätten, die vielleicht gerne rohe Zwiebeln gelutscht hätten oder Briefmarken oder Neun-Volt-Batterien, weil die so auf der Zunge bitzeln, vielleicht wäre eines immer durch die Gegend gerannt und hätte *huuuuiiiii* gerufen und dann so ganz süß *au au au au* oder vielleicht hätte es immer alleine im Wohnzimmer gesessen und sich selbst Geschichten vorgesungen mit Prinzessinnen und Einhörnern und feuerspeienden Schleimmonstern, die *piu piu piu* schießen, vielleicht wäre eines dieser Kinder mal Astronaut geworden, oder Nobelpreisträger oder glücklich. Man will ja nur, dass sie glücklich werden.

Vielleicht wären das wahnsinnig glückliche Kinder geworden, mit ihren pummeligen Backen und ihren viel zu kleinen Händen, mit ihren viel zu großen Träumen und dieser bedingungslosen Kinderliebe. Und die vermisst man ja auch nicht, also meistens vermisst man sie nicht, *verdammt Lars, du wolltest putzen.*

Auf jeden Fall ist Johanna dann doch Lehrerin geworden, und bei mir ergab sich dann eben die Sache mit dem Fernsehen. Und die ersten zehn Jahre denkt man, dass man beides machen kann, also bisschen studieren, bisschen Ton angeln, bisschen Familienvater, nebenbei das beste Buch der Welt schreiben. Und dann merkt man, dass es eben nicht nebenbei geht, und ich weiß noch, wie lange wir diskutiert haben, bevor ich das Studium abgebrochen habe, und wie oft Johanna sagte, *mach's halt schnell noch zu Ende* und wie sie dann immer wieder *pragmatisch* gesagt hat, nur was zur Hölle soll das sein, ein pragmatisches Philosophiestudium?

Und natürlich war es Philosophie und Theaterwissenschaften, und wenigstens Letzteres hätte ich pragmatisch zu Ende machen können, wegen dem Fernsehen, *wegen des Fernsehens, Lars*, aber es ging ja dann auch so. Also es ging viel zu gut, man stolpert dann so nach oben und dann ist man alle paar Wochen an einem anderen Set und Krimi geht halt immer.

Und da schafft man dann wenig nebenbei. Dann versucht man das anders zu kombinieren, das war eigentlich Johannas Idee, also fürs Fernsehen schreiben, erst ein paar kurze Sachen und dann immer längere. Irgendwann sogar einen *Tatort*, der von der Kritik als *durchaus guckbar* gefeiert wurde. Und eine Zeit lang reicht das, aber ein Lebenswerk ist es nicht. Ein *Tatort* hilft einem wenig, wenn man eigentlich das beste Buch der Welt schreiben will. Da arbeitet man fast zwei Jahre dran, allein den Auftrag zu bekommen, ist ein Riesending, und dann die ewigen Diskussionen, Dreharbeiten, Schnitt, noch mehr Diskussionen und dann ist der Tatort doch nicht so, wie man sich das vorgestellt hat, und wird in neunzig Minuten einfach weggesendet und dann bekommt man ein paar E-Mails, ein bisschen Zuschauerpost vielleicht, die Schwiegereltern rufen an und sagen, dass sie sich ja eigentlich nichts aus *Tatort* machen, aber *das war schon, Mensch, Lars, allerhand,* und ein paar Tage später interessiert das keinen mehr, außer natürlich, wenn man es richtig versaut, und selbst dann sind die Kritiken spätestens nächsten Sonntag durch, und dann fällt man in ein Loch, das noch ein wenig tiefer ist als sonst, jetzt, wo man weiß, dass alles, was eben noch ein Ausweg war, auch nur ins nächste Loch führt.

Und deswegen muss es das beste Buch der Welt sein. Und Johanna sagt *was soll das denn bitte sein, das beste Buch der Welt?,* und man sagt *das, was für immer hält.*

Manchmal sagt man dann vielleicht *Bestseller* oder *Kritikerbuch* oder *Buchhändlerinnenbuch,* aber in Wahrheit geht es darum nicht, in Wahrheit geht es nur darum, dass es für immer hält. Dass man sich danach nie wieder fragen muss, was man eigentlich hier soll, ob man eigentlich gut war im Leben, warum man eigentlich auf der Welt ist.

Man hält es dann in den Händen, man fühlt die naturraue Struktur des Umschlags, man riecht den süßen Leim, man spürt jede Erhebung, jede Senkung, jede Seite unterm Daumen, es ist dann wirklich da, und dann weiß man es, dann weiß man es für immer, man hat das beste Buch der Welt geschrieben. Und wenn man abends auf der Couch liegt oder nachmittags im Niesel steht, wenn man auf der Landstraße eine Katze anfährt und sie schreit und schreit und stirbt, wenn der Urlaub schon so schnell zu Ende ist, wenn man am Grab der Mutter steht, wenn die Kinder tatsächlich ausziehen, wenn Johanna in Lissabon ist und das Bett unendlich weit, wenn man in der Brust ein Stechen spürt, was dann doch keine Angina ist, immer dann, wenn die kleine harte Stimme fragt *Warum?*, dann fasst man es an und es antwortet *Darum.* Das ist alles. Mehr nicht. Wenn es das kann, ist es das beste Buch der Welt. Und wenn es das nicht kann, dann kann man es auch gleich lassen. Und deswegen muss es eben das beste Buch der Welt sein. Oder keins.

Das dachte ich und wischte den Küchentisch ab, auf dem dann eben doch noch ganz schön viel Zeug rumlag, also die ganzen Papiere und die Post, ein Berg Quittungen und zwei Marmeladengläser mit Wasser und Zigarettenstummeln, und das eine Glas hatte ich verschlossen und noch nicht weggeschmissen, weil ich mir eben nicht sicher war, ob Restmüll, weil Kippenstummel, oder Altglas, weil, naja, Altglas, und auf jeden Fall rutschte mir das Glas aus der Hand und fiel, das passiert ja dann immer, auf das andere Marmeladenglas, was dann also umkippte, und die braune Brühe lief über den Tisch, und ich hatte ja schon den Lappen in der Hand, das war also eigentlich gar nicht schlimm, nur dass dann eben der Stapel mit den Manuskriptseiten ins Rutschen kam, jedenfalls es lief und roch und rutschte und fiel zu Boden.

Also ging ich auch zu Boden und dachte noch *ist ja nicht so schlimm* und *bring die Manuskriptseiten besser mal in Sicherheit,* und da erst sah ich, weil ich da ja hinschauen musste, dass eigentlich nicht viel draufstand. Also, eigentlich fast nichts. Nur ein paar Ideen, *Ideen haben viele, Lars,* aber ich hab viele Ideen, *du hast Chaos, Lars.*

Und da erst merkte ich den Niesel. Wie ich mit jeder Bewegung immer schwerer wurde, wie ich vor Tropfen kaum noch durch meine Brille schauen konnte, wie dann überall Kippen schwammen, wie es mir auf den Rücken schlug und den Pullover eiskalt durchtränkte. Und wie dann die letzten Seiten vom Tisch rutschten, nur sie rutschten nicht, sie stoben auf wie Hitchcock und stürzten auf mich ein. Sie schrien und schimpften und schnitten wie tausend Glasscherbenschnäbel in meine roten Hände.

Ich keuchte zu Boden, aus dem Augenwinkel sah ich die Seiten, und ich schwöre, ich sah, wie sie über mir aufschwärmten, ich hörte, wie sie lachten, und ich schwöre, ich sah, wie sie zum Todessturz aufstiegen, und ich wäre auch tatsächlich gestorben, wenn ich nicht in diesem Moment das Leuchten im Wohnzimmer gesehen hätte. Ich atmete ein, so tief, dass es in der Brust stach, riss mich los und tauchte ab, kämpfte mich durch das Chaos, schwamm, dass mir die Arme brannten, schwamm durch die bräunliche Brühe immer vorwärts und vorwärts zum goldenen Licht. Mein Manuskript schrie nach mir. Wie Wasserleichen griff es nach meinen Beinen, nach meinen Armen, nach meinem Kopf und meiner klopfenden Brust. Endlich erreichte ich mein Nomos, meine rettende Insel der Klarheit im dunkeldräuenden Dickicht. Mit letzter Kraft zog ich mich an Land, schüttelte noch eine klebrige Seite von meiner Wade und riss mir die nassen Kleider vom Leib. Erst die durchtränkte Jogginghose, dann den regenschweren Norweger. Ich rollte ihn zu einem tropfenden Ball zusammen, warf ihn, ich weiß nicht, wie, nach dem Blätterhaufen, wo sich die Kugel entfaltete und die kreischenden Seiten unter sich begrub. Dann brach ich zusammen, erschöpft, aber sicher auf meiner ordentlichen Insel.

Da lag ich. Hustend und keuchend. Zusammengerollt und zitternd. Nackt bis auf die Unterhose.

Da lag ich und fror und ärgerte mich. Über den Nachbarn, der mich mit seinem viel zu frühen Böller aus meinem Nomos geschreckt hatte, und natürlich, natürlich, das muss man ja fast nicht dazu sagen, über mich selbst, weil ich doch eigentlich genau wusste, dass man sich der Entropie nicht entziehen konnte, dass es Ordnung gar nicht geben konnte, im Haus nicht und nicht auf dem Papier, dass ich schön in meinem Nomos hätte bleiben sollen und nicht wegen irgend so einem Böller irgend so einen Mist. Das war nämlich der eigentliche Fehler gewesen, den einen Platz zu verlassen, der nicht der falsche war, meine Insel, auf der ich in Ordnung war. Und die Kopfjohanna fragte, was das jetzt wieder sollte, nur auf die wollte ich nun wirklich nicht mehr hören, ich wollte mir die Kuscheldecke von der Couch ziehen und endlich meine Ruhe haben, weil Johanna das alles sowieso nicht verstand und weil sie dann nur wieder sagen würde, dass sie das alles viel besser verstand, und dann würde sie sagen, das alles stimme so nicht, schließlich existierte die Erde, auf der ja auch Ordnung entstanden war, sonst gäbe es uns alle nicht, schließlich ginge es doch darum *irgendwas mit offenen Systemen* und dann *irgendwas mit Energietransfer*, nur da würde ich ihr dann wirklich nicht mehr zuhören, und dann würde sie eine Lösung vorschlagen, und ich würde mich fragen, warum ich da nicht selber drauf gekommen war.

Also kam ich selber drauf.

Und hier muss ich jetzt kurz springen, weil dass ich da lag, ist ja klar, und wie lange, ist egal, und ich kann es ja auch nicht wissen, wegen der Sache mit den Uhren und dem Nicht-Hinschauen, und irgendwie ist es ja auch peinlich, wenn man als erwachsener Mann da liegt und man will ja dann auch nicht sagen, dass man sowas wie Angst hat, also vor dem Chaos und der Küche und dem Manuskript, richtig rasende Angst, man will ja auch nicht sagen, dass man mit keinem Zeh mehr da hinwill, dass man sich nur noch im Nomos sicher fühlt und dass man dann auf einmal überzeugt ist, dass man sofort sterben wird, oder noch schlimmer, eben nicht sterben, sobald man den klebrigen Fußboden berührt, dass einen nur das Nomos beschützt, also das wäre ja albern, also springt man dann besser gleich zur Lösung.

Die Lösung war nämlich die: Wenn die Welt nicht Ordnung wird, dann muss die Ordnung Welt werden. Und die Ordnung, das war meine Insel, und die Welt, das war mein Haus, und eigentlich musste ich doch nur das Nomos, in dem ich in Ordnung war, so weit vergrößern, bis es mein ganzes Haus umschloss, ohne dabei das Chaos zu berühren, versteht sich, und dann dachte ich noch irgendwas mit Energietransfer in ein sich ausdehnendes offenes System, aber das dachte ich nur sehr vage, und sicher war ich mir da nicht, beim Rest aber schon. Ich musste das Nomos vergrößern.

Ohne meine Insel zu verlassen, drehte ich mich zur Couch, pulte das steifgezuckerte T-Shirt vom Leder und warf es Richtung Flur. Dann griff ich in den Eimer mit dem Wischwasser und fischte den Lappen hervor. Ich wrang ihn aus, lehnte mich nach vorne und rubbelte den Kaffeefleck auf der Couch sauber. Mit dem Lappen zog ich auf dem Sofa immer größer werdende Kreise, bis ich an die Kuscheldecke stieß. Ich nahm die Decke, schüttelte sie aus, und da ich nicht wusste, wo ich sie hinlegen sollte, knotete ich sie mir um den Hals, sodass sie an meinem nackten Rücken hinunterhing. Dann wischte ich weiter, streckte mich bis zu den äußersten Enden des Sofas, während meine Füße mich in der Ordnung verankerten.

Dann war das Sofa sauber, aber natürlich wusste ich nicht, ob sich das Nomos so einfach kopieren ließe, nur, dass ich einen weiteren Kampf mit dem Chaos wohl nicht überstehen würde. Ich zögerte, atmete noch einmal tief ein und sprang aufs Sofa. Nichts passierte, doch darauf durfte ich natürlich nicht mehr vertrauen, untersuchte meine nackte Haut auf Nieselflecken, auf den Armen, an den Unterschenkeln, sogar zwischen den Zehen, sogar in den Furchen meiner Oberschenkel. Als ich selbst auf meinen Brillengläsern nichts fand, setzte ich meine Brille wieder auf und ließ mich aufs Sofa fallen. Ich war trocken und in

Ordnung. Von hier aus konnte es weitergehen, ein Nomos nach dem anderen, so musste es sein, dachte ich.

In der Ordnung der Couch sitzend, wendete ich mich der Entropie des Couchtisches zu. Die schmutzigen T-Shirts warf ich Richtung Flur, wo sich bald ein Haufen bildete, den ich später nur noch in die Waschmaschine stopfen müsste. Die leeren 5-Minuten-Terrinen stapelte ich auf der rechten Seite des Tisches, dann zog ich eine Linie mit dem Lappen und wischte die linke Hälfte. Kurz ärgerte ich mich, dass ich die T-Shirts so unüberlegt Richtung Flur geworfen hatte, dann griff ich eine Ecke der Decke, die mir um den Hals hing, und rieb den Tisch damit ab. Als der Tisch trocken war, stützte ich mich mit den Armen aufs Sofa und schwang meinen Hintern auf den Couchtisch. Ich lehnte mich nach vorne, verhakte mein rechtes Bein unter dem Tisch, den ich gleichzeitig mit meinem Körpergewicht fixierte, und erreichte stark gedehnt mit zittrigen Bauchmuskeln den Sessel, wobei ich darauf achtete, dass ich den Sessel nicht direkt berührte, sondern immer eine Handbreit Lappen zwischen mir und dem Chaos blieb.

In diesem Liegestütz zwischen Couchtisch und Sessel balancierend, auf die rechte Hand gestützt, befreite ich den Sessel mit der Linken erst von T-Shirts, Socken und leeren Kippenpackungen, dann, und das war die eigentliche Meisterleistung, von der allumfassenden Klebrigkeit. Als der Sessel sauber war, stützte ich mich mit beiden Händen auf die Sitzfläche, senkte meinen Oberkörper ab und katapultierte mein Gewicht zurück auf den Couchtisch. Dann stand ich auf, nahm den halben Schritt Anlauf, den

meine Couchtischhälfte hergab, und sprang in einem großen Satz Richtung Sessel.
Der Sessel schwankte gefährlich, fiel fast, wäre womöglich tatsächlich gefallen, hätte ich nicht mein linkes Bein auf die Lehne gestellt und so die Schwankung in letzter Sekunde mit meinem Körpergewicht ausgeglichen.
Da stand ich. Ein nacktes Bein auf dem Polster, das andere auf der Lehne, mit meiner Aldi-Unterhose, meinem Werkzeuggürtel und meiner im Flugwind wehenden Wolldecke. Ich war vielleicht nicht der Held, den dieses Haus wollte, aber ich war der Held, den es brauchte. Schmutzig das Haus, das keine Helden hat! Ich will nicht übertreiben, aber ich war Putzmann, Herrscher über das Chaos, Bezwinger der Klebrigkeit, Endgegner der Entropie, der wahrscheinlich letzte Held in meiner Welt.
Stolz betrachtete ich mein Werk. Meine Inseln der Ordnung, wie sie aus dem Nieselmeer strahlten und alles in ihr reines Licht tauchten. Es dauerte einige Minuten, bis ich verstand, dass mich dieser letzte wagemutige Sprung im Grunde gar nicht weitergebracht hatte. Im Grunde war ich in eine Sackgasse gesprungen. Von meinem Sessel aus konnte ich nichts Putzbares mehr erreichen. Kurz dachte ich darüber nach, mich in einem noch gewagteren Sprung ans Bücherregal zu klammern und von da aus zum Fernseher zu hangeln, aber das erschien mir auch irgendwie anstrengend. Also sprang ich zurück, vom Sessel zum Tisch, zum Sofa, wieder in mein ursprüngliches Nomos.
Larsmännchen, was machst du eigentlich die ganze Zeit?, fragte die Kopfjohanna, und ich kam mir auf einmal irgendwie beobachtet vor und das ist nicht gut, wenn

man in Unterhose und Cape in einem eigentlich immer noch nicht so richtig sauberen Haus steht. Und eigentlich wollte ich ihr das alles endlich mal richtig erklären, dass ich selbst auf diese Lösung gekommen war und dass es tatsächlich funktionierte, nur sie hätte dann doch nur wieder gelächelt, den Kopf geschüttelt und sowas gesagt wie *mach doch einfach sauber* oder *ist doch nicht so schwer*. Und damit hatte sie vielleicht recht, nur dass es halt so öde war. Und so war es wenigstens nicht öde gewesen und Sport hatte ich auch schon gemacht, nur dass der ja nicht mal auf meiner Liste stand. Und mittlerweile war es wirklich dunkel. Also legte ich den Lappen auf den Fußboden und schob mir einen sauberen Weg von meiner Insel bis zur Besenkammer. Und dann machte ich sauber, mit Saugen und Wischen und allem, was man wirklich nicht erzählen braucht. Dann war ich fertig. Und ob jetzt alles an seinem Platz war, will ich nicht beschwören, aber es sah einigermaßen sauber aus. Und ein Haus einigermaßen sauber machen, wenn einen absolut nichts davon abhält, ist doch wirklich eine Leistung.

Ich löste den Knoten um meinen Hals und faltete das Cape zusammen. Sauber ist das Haus, das keine Helden nötig hat. Die gefaltete Decke legte ich auf die frisch geputzte Couch. Hier würde sie warten, auf das Chaos, das niemals ruht, und auf mich, der es bezwingen würde.

Dann setzte ich meinen dritten Haken. War echt nicht so schwer.

4. STEUERN, POST USW.

Am Ende stand ich vor dem Kamin und es brannte und brannte. Unter meinem Anzug war ich nackt. Ich weinte.
Waren und Hilfsstoffe: Flash Anzündewolle Für Ofen und Kamin. 11,99 €.

So eine Steuererklärung kann ja auch sehr meditativ sein. Wenn die Wohnung geputzt ist und der Körper geduscht. Wenn man sich etwas Ordentliches angezogen hat, den Hochzeitsanzug, das gute Hemd, die Krawatte mit den versteckten Disneymäusen, feste Schuhe, als ginge man zur Arbeit, nur ohne das ganze Arbeiten. Wenn es draußen deutlich dunkelt und drinnen nur eine einzige Lampe behutsam leuchtet. Wenn man den kalten Rauch weggelüftet hat, wenn sogar die alte Kaffeemühle wieder mahlt und alles nach Eduscho-Werbung duftet. Wenn man so sitzt, in seinem Kegel aus Licht, die Welt sieht man kaum, sie kann einem nichts anhaben. Selbst der Niesel klingt dann wohlwollend. Im Wohnzimmer heimelt der Kamin. Alles knistert und flüstert. *Komm, Lars, das schaffen wir jetzt auch noch.*
Man hat alle Belege zusammengetragen, aus Brieftaschen und Rucksäcken, aus Jutebeuteln, aus den Reißverschlussfächern von beinahe ausgeräumtem Handgepäck, aus krümeligen Hosen und fusseligen Jacken, aus dem leeren

Schuhkarton, in dem man seit Jahren beinahe alle Belege sammelt, um dann gebührend stolz zu sein, weil man jemand ist, der beinahe alle Belege sammelt. Das liegt dann alles vor einem, auf dem Küchentisch, der fast nicht mehr klebt, wie ein Berg, nein, nicht wie ein Berg. Berge muss man erklimmen, da muss man sich hochkämpfen, da wird die Luft dünn, da schwindelt es. Und genau das will man ja gerade nicht. Die Belege liegen vor einem, wie ein Weihnachtsspaziergang durch das eigene Leben. Eine Einladung ins vergangene Steuerjahr, also nicht nur das letzte, es ist schon ein wenig her. Eine Zeitreise in die fiskale Vorvergangenheit. So muss man das sehen. Wie ein Fotoalbum, nur besser, weil genauer. Ein Bild erinnert einen nur daran, dass man vor ein paar Jahren, an einem strahlend portugiesischen Sommertag, zum ersten Mal von der eigenen Tochter im Strandball geschlagen wurde, daran, wie Lina ihre triumphalen Arme in den Himmel reckte, wie ich mich gekonnt ärgerte, wie Johanna tosend applaudierte. Die Belege wissen, wie viel der Schläger kostete.

Waren und Hilfsstoffe. Happy Moments Simply Beach Ball Set. Recherche für Romanprojekt: »Strandbuch«. 6,99 €

Eine Steuererklärung ist wie eine Schachtel Pralinen, nur ohne Schokolade. Man greift in die Belege und weiß selbst nicht, was man bekommt. Man markiert das Datum mit dem Highlighter, klebt das ausgeblichene Thermopapier mit dem Prittstift auf die Rückseite eines alten Arbeitsblattes. Man freut sich, dass man jemanden hat, der eine Schublade voller neonfarbener Marker pflegt, der seine

Pritt-Stifte nie austrocknen lässt und alte Arbeitsblätter gewissenhaft aufbewahrt. Jetzt muss man nur noch herausfinden, was man mit dieser Quittung eigentlich mal zu belegen gedachte.

Und dann sitzt man wieder am Hamburger Hafen, die Abendsonne vergoldet die Elbe, der Wind treibt Yannis die Röte unter die Seemannsmütze, eine todesmutige Möwe erjagt im Sturzflug eine Bratkartoffel. Sie schreit vor Glück. Johanna fragt nochmal nach, nicht weil sie nicht jedes Detail kennt, sondern weil sie es nochmal hören möchte. Weil es ein eigenartiger Kitzel ist, wie Alpenvorsprünge und Gletscherspalten, sich genau vorzustellen, wie das eigene Kind, was ja eben noch aus der Schnabeltasse trank und sich einen Platz im Elternbett erfürchtete, plötzlich mit dem großen Schiff das noch viel größere Meer überquert, und wie es dann den ganzen mächtigen Kontinent bereist, wie es Häuser aufbaut und Kinder tröstet, wie es Moskito-Netze aufhängt und Brunnen gräbt, wie es den Durst stillt, wie es die Kranken heilt, wie es die Fluten glättet und mindestens ein Erdbeben vereitelt. Und dann steht man am Kai, winzig kleine Körper in einer Stadt für Container, an jeder Ecke schießen Kräne aus dem Boden und kratzen an den Wolken, man schaut hoch, und irgendwo da oben vermutet man ihn noch zwischen den Metalltürmen, mit seiner Secondhand-Seemannsmütze und seinen unverbrauchten Prinzipien. Mittlerweile ist es dunkel, der Himmel ist klar und leer. Johanna drückt sich an meine Brust, der Wind kitzelt mich mit ihren Haaren. *Das haben wir gemacht*, flüstert sie. Man ist so stolz, dass es wehtut.

Bewirtung. Restaurant Sicherer Hafen, Hamburg. Bewirtete Personen: Thorsten Falke, Julia Grosz, Vorgespräch für verschiedene Filmprojekte. 75 € inkl. Trinkgeld.

Wie wir den Baum schmücken. Yannis mit Strohsternen. Johanna mit Lichterketten. Ich angeblich mit zu viel Lametta. Lina nochmal richtig.

Wie Makena ihre Hand auf Yannis' Schulter legt, als hätte sie ihn mitgebracht, wie Yannis eifrig *Wir* sagt. *Wir bleiben erstmal in Deutschland. Wir ziehen in die Hölderlinstraße. Wir studieren Medizin. Wir gehen später zurück. Wir wollen etwas beitragen.* Wie Makena dann mit Johanna in die Küche verschwindet und Yannis erwartungsvoll schaut. *Die ist cool,* sagt Lina, und ich nicke. *Die macht was aus sich und jammert nicht nur rum.* Ich nicke, bis die Frauen wiederkommen. Johanna reißt die Augen auf, lächelt mir zu, vom Nicken werden unsere Hälse steif. Ob sie uns ein Weihnachtslied aus ihrer Kindheit beibringen könne, frage ich, und Makena bringt uns *In Excelsis Deo* bei. Vielleicht ein Lied, was sie in Kenya gesungen habe, sage ich, und Makena singt *Oh come all ye faithful, joyful and triumphant.* Es klingt wie *Oh kommt, all ihr Gläubigen,* und das ist schön, aber nicht, was ich meine. Dann lernen wir *Silent Night* und bevor ich nochmal fragen kann, sagt Lina *Papa, Makena war auf einem katholischen Internat, nicht in König der Löwen.* Immerhin das Baba Yetu zeigt sie uns auf Suaheli, obwohl außer Makena niemand an Baba glaubt. Es gibt Marzipan und Mabuyu und Eierlikör von Johannas Mutter. Lina hat ihren ersten kleinen Schwips. Nach der Ente singen Makena und die Kinder *Hakuna*

Matata und lachen mich aus. Yannis holt seine Trommel. Wir tanzen um die Tanne. Ich verfange mich im Lametta. Ich falle und nichts zerbricht. Vielleicht ist das unser letztes Weihnachten als Familie. Joyful and triumphant. Duniani kama mbinguni.
Werbe- und Repräsentationskosten. Nordmanntanne. 60 €.

Warum heißt es, bei der Buchhaltung sentimental werden und nicht Steuerverklärung?
Lars, konzentrier dich. Ich würde mich ja gerne konzentrieren, ich vergesse es nur immer. Eigentlich bräuchte man jemanden, der den ganzen Tag mit einer Klangschale hinter einem herläuft und einen immer, wenn man das Konzentrieren vergisst, lautstark daran erinnert. Dong. *Konzentrier dich, Lars.* Dong. *Konzentrier dich.*
Warum heißt es, jemand, der mit einer Klangschale hinter einem herläuft, um einen ans Konzentrieren zu erinnern, und nicht Spaziergong?
Lars, jetzt wirklich.
Warum heißt es, mich zur Konzentration auffordern und nicht jemanden Larsregeln? Ist gut. Ich hör schon auf. Säumnisgebühr bezahlen und nicht Ablarsbrief? Entschuldigung.
Fachliteratur. Buch: »Konzentriert arbeiten für Dummies«, 17 €.

Die meisten Menschen ahnen gar nicht, wie lange man eine Steuererklärung vor sich herschieben kann. Wenn man sich nur ein bisschen Mühe gibt, geht das über Jahre. Man muss nur ab und an dem Steuerberater sagen, dass man sich diese Woche dransetzt, und der kümmert sich dann um den Rest, also um das Amt und die Säumnisgebühr, nicht etwa um die Steuer, das ist nämlich das wirklich Magische an Steuerberatern, dass sie alles erledigen außer der Steuer. Die muss man schön selber machen, Belege sammeln und Tabellen ausfüllen, Einnahmen auflisten, die man übrigens auch selber erwirtschaften muss, man muss Rechnungen stellen und begleichen und aufheben, Quittungen muss man sortieren, den ganzen bürokratischen Berg muss man kartographieren, Geringwertige Wirtschaftsgüter, Raumkosten, Fortbildungen, Geschenke bis 35 € muss man verschenken, idealerweise nicht an sich selbst, man muss sich bei jedem Bewirtungsbeleg selber überlegen, wen man wohl bewirtet hat, man muss Namen finden, von denen es am besten mehrere gibt, damit es im Zweifelsfall immer auch ein anderer Müller oder Maier oder Schmidt gewesen sein könnte, dem man da den Grauburgunder einschenkte. Die Dienstreisen muss man selber dokumentieren, man muss selber glaubhaft irgendwo hinfahren, um am Ende Dienstreisen dokumentieren zu können, und dann muss man das alles an einen Steuerberater schicken, der sich aus rechtlichen Gründen lieber betriebswirtschaftlicher Berater nennt, und der schickt einem dann eine Vollständigkeitserklärung, weil er nicht mal das Lügen für einen übernimmt. Am Ende ist man es nämlich wieder selbst, der erklären soll, dass man die *oben genannte Steuererklärung wahrheitsgemäß nach bestem Wissen und Gewissen gemacht hat und diese vollständig und richtig ist.*

Und anfangs geht das noch irgendwie. Nur dass es jedes

Jahr schlimmer wird, weil man es jedes Jahr ein wenig länger aufschiebt, und dann wird es immer mehr, und man wird immer schludriger, und dann öffnet man eines Tages den kleinen Handgepäck-Koffer, den man damals, vor drei Steuerjahren, mit nach Leipzig nahm, und entdeckt einfach so, mitten im Reißverschlussfach, ein ausgeblichenes Stück Thermopapier. Was bedeutet, man entdeckt den Nachweis über geringwertige Wirtschaftsgüter im Wert von 179,99 €, die man nun nicht mehr wird abrechnen können, weil man genau diese Steuererklärung vor wenigen Wochen tatsächlich eingereicht hat. Man hat also Steuer verschenkt, und wenn man demnächst bankrottgeht, wenn man Privatinsolvenz anmelden muss, wenn einen Johanna und die Kinder dann verlassen und man mittellos auf der Straße endet, wenn man schlussendlich in einem Zelt schläft, wenn einem dann das Zelt im Schlaf bei hämischem Niesel weggeklaut wird und man sich am Ende kalt und klamm und einsam unter einer Brücke in ausgerechnet Offenbach wiederfindet, dann liegt das an dieser Rechnung, sinnbildlich an dieser Rechnung, also an allen Rechnungen, die man hätte einreichen können, nein, müssen.

Und schlimmer noch. Als man unterschrieben hat, dass alles *vollständig und richtig* war, hat man gelogen. Und kurze Zeit später erfährt man bei der Weihnachtsfeier im Lehrerzimmer, dass der Cousin eines ehemaligen Kollegen eine Steuerprüfung erlitt und etliche Milliarden nachzahlen musste, oder im Gefängnis verendet ist, eines von beidem, da ist man dann nicht so sicher, weil schon das Wort *Steuerprüfung* einem die Ohren wattiert bis einem schwarz wird. Und dann fällt einem auf, dass man jederzeit überprüft werden könnte und dass man eben jahrelang unterschrieben hat, dass alles wahrheitsgemäß ist, dass alles vollständig ist. Die haben einen in der Hand, das stimmt ja alles nicht. Es müsste nur einmal jemand nachschauen und dann bricht das alles in sich zusammen, dann finden die alles, was man nicht abgerechnet hat, und alles, was man stattdessen abgerechnet hat, weil man ja irgendwas abrechnen muss, die finden das und dann wissen die, dass es eben nicht wahrheitsgemäß und nicht richtig und nicht vollständig ist, weil in dieser Welt nichts jemals wahrheitsgemäß ist oder richtig und erst recht nicht

(S) Rechts- und Steuerberatung. Buchführung: Betriebswirtschaftliche Beratung. 300 €.

Die einfachste Art, seine Steuern zu erledigen, ist heiraten. Wenn man Schwierigkeiten hat mit Rechnungen und Unterlagen und Fristen, heiratet man einfach, und es ist ja dann auch im Interesse des anderen, dass die Steuer ordentlich gemacht wird, also macht es dann der andere. Und dann kommt ja noch das ganze Ehegattensplitting dazu, was wir alles gespart hätten, wenn wir verheiratet gewesen wären, als Johanna ins Referendariat ging und dann später auch, dann halt andersrum.

Seit ein paar Jahren sagt Johanna mir das mit dem Heiraten, wenn Dezember ist und die Briefe kommen, wenn der Steuerberater anruft und ich wahnsinnig schlecht gelaunt im Müsli rumwühle und Johanna fragt, ob wir uns bald mal um die Geschenke kümmern können, und ich sage nur *Steuern.* Und dann schaue ich sie an, wie man sie früher nur anschauen musste, wenn der Kühlschrank roch und man nicht wusste, woher, oder wenn die Abgabefrist für die Hausarbeiten dräute und noch keine einzige Fußnote gesetzt war, oder wenn irgendein Verwandter darauf bestand, schon wieder Geburtstag zu haben und irgendwer noch irgendwas besorgen musste. Dann schaut man Johanna nur an, man legt die Stirn in Falten, man reißt die Augen auf und senkt die Brauen, und dann sagt sie, *komm, wir machen das schnell* und dann macht sie das schnell. Nur die Steuer macht sie nicht.

Und irgendwie dachte ich, dass Johanna mir da helfen würde, also, das war nicht so abgemacht, als ich gekündigt habe, aber es gibt ja in Beziehungen auch diese unausgesprochenen Verträge. Und man macht ja auch vieles für den anderen, und dann fängt man an, sich das im Kopf vorzurechnen, was man alles macht, und während man noch die Fußmassagen addiert, die beiden Kinderschwimmkurse, die man komplett alleine besucht hat, weil Johanna angeblich vom Chlor schlecht wird, die Spinnen, die man in den Keller trägt, seitdem Johanna weiß, das Hausspinnen im Freien verenden, hebt Johanna ihre rechte Hand, wackelt so komisch mit den Fingern und sagt, *Wenn dir meine Steueridentifikationsnummer gefällt then you should have put a ring on it.* Und erstens, Lina ist ein ganz schlechter Einfluss auf Johanna, dieser ganze Beyoncé-Kram, das ist einfach unfassbar konservatives Zeug, also das merkt man erst nicht, aber da führt ein gerader Weg von Beyoncé zu Margaret Thatcher zu Johannas Ringfinger, und zweitens, ach egal.

Waren und Hilfsstoffe. Müsli-Adventskalender. Buchprojekt: »Müsli. Mampf ohne Eigenschaften«. 59,90 €.

Zweitens, stimmt das so alles nicht. Ich habe mir das Patriarchat ja nicht ausgedacht. Das war Johanna, die nicht heiraten wollte. Als sie nach vier Tagen Erbrechen den Test machte und wir dann auf dem Badewannenrand saßen und auf den zweiten Strich starrten, da war ich es, der sagte, *sollen wir jetzt heiraten?*, und Johanna übergab sich gleich nochmal. *Die Ehe, das ist die größte Falle.* Noch in die Kloschüssel hat sie das gesagt. Wir hatten da gerade *Das zweite Geschlecht* gelesen, also Johanna hatte es gelesen, es ist ja wirklich sehr lang. Erst haben wir gemeinsam gelesen, nur ich war dann zu Camus gewechselt, der hat einfach die besseren Bücher, also die kürzeren. Und Johanna war dann in den ersten Monaten völlig besessen. Wegen de Beauvoir und wegen Alice Schwarzer und wegen ihrer Mutter, die jede Frage mit *Für die Familie* beantwortet, und so wollte Johanna nicht werden. Und dann saßen wir da, an diesen langen Tagen, als ich alle paar Stunden zum Edeka rannte, weil Johanna jetzt vielleicht doch Dosenmais essen könnte, oder Hühnerleber mit Apfel und Zwiebel, oder Hack, ganz trocken durchgebraten, und am Ende gab es Pizza Salame von Olbia. Und während ich Essen holte, grübelte sie, und dann kam ich zurück, und während ich noch nicht mal die Schuhe ausgezogen hatte, las sie mir vor: *Die Frauen sind es, die aussetzen, wenn ein Kleinkind da ist. Frauen nehmen Urlaub, wenn das Kind die Masern hat. Frauen müssen hetzen, weil es nicht genug Krippen*

gibt. Wenn Frauen trotz alledem ein Kind wollen, sollten sie es bekommen, ohne zu heiraten.
Also haben wir nicht geheiratet. Für den Feminismus. Für Johanna. Für die Philosophie. Für die Mathematik, die sie doch revolutionieren wollte. Für die Unendlichkeit, darum ging es ihr damals, um die Frage, ob Unendlichkeit ein mathematisches Konstrukt ist oder eine reale Größe, und ganz genau weiß ich es nicht mehr, weil es dann eben doch sehr mathematisch wurde, weil es dann doch darum ging, wie Punkte eines Kreises auf die Punkte eines größeren Kreises projiziert werden, und ob das bedeutet, dass alle Kreise die gleiche Größe haben, weil es zu jedem Punkt in Kreis A einen korrespondierenden Punkt in Kreis B gibt, und eigentlich ging es dann eben um das ganze endlose Universum, also um Gott. Und deswegen haben wir nicht geheiratet. Weil Johanna nicht in die Falle wollte, sondern in die Unendlichkeit. Und das habe ich respektiert und jetzt sitze ich da mit meinen Steuern.
Waren und Hilfsstoffe. Buch: »Die letzten Tage des Patriarchats«. Recherche. 20 €.

Wie ich endlich mit Erol ein Bier trinke. Donnerstags im Vater Rhein, genau wie früher, weil die bis morgens geöffnet haben und die große Bolognese 3 € kostet. Erst Theatergruppe, dann Kreatives Schreiben und den Freitag tunlichst vorlesungsfrei halten. Der Freitag gehört dem Kater. Und nach dem Studium haben wir das so beibehalten, weil eine Schreibgruppe für immer zusammenschweißt. Weil man nicht Woche für Woche die Texte des anderen verteidigen kann, ohne ihn am Ende insgesamt für enorm verteidigungswürdig zu halten. Und dann hatten wir ja auch viel vor, den großen amerikanischen Roman wollte Erol schreiben, mitten in Deutschland, das ist ja der Clou an der Sache, und ich das beste Buch der Welt, damit man sich nicht in die Quere kommt. Und Erol hat das Schreiben dann irgendwann aufgegeben. Ist nach Berlin gezogen, weil früher oder später alle nach Berlin ziehen, was ein Klischee ist, das wie die meisten Klischees einen wahren Kern hat, was allerdings auch ein Klischee ist.

Auf jeden Fall: Wenn Erol in der Stadt ist, Vater Rhein, ohne Diskussionen. Außer, mir kommt was dazwischen. Aber das ist ja das Schöne, wenn man so lange befreundet ist, man kann absagen, auch mal eine Nachricht nicht beantworten, und wenn man sich dann sieht, ist alles genau wie früher. Dann kommt man ins Vater Rhein, Erol hat schon zwei Tannenzäpfle bestellt, er springt auf und ruft *Lieblingsautor,* und ich antworte dann eben nicht mehr *Lieblingsautor*, sondern *Lieblingsagent*, was ja noch viel besser ist, wenn man sich das aufteilt, wenn klar ist, der eine schreibt das beste Buch der Welt, der andere verkauft es, alle werden reich.

Wie ich endlich mit Erol ein Bier trinke, nur als ich reinkomme, schaut er auf sein Telefon. Und als ich mich setze, sagt er *gib mir eine Minute.* Und dann redet er von der Messe und von Christian und Leif und Moritz, und später geht er kurz vor die Tür telefonieren, und erst da höre ich, wie er *Lieblingsautor* sagt, also ich glaube, dass ich höre, dass er *Lieblingsautor* sagt. Und als er wiederkommt, erzähle ich ihm vom besten Buch der Welt, und er sagt *schwierig.*

Waren und Hilfsstoffe. Buch: »Handbuch für Autorinnen und Autoren: Informationen und Adressen aus dem deutschen Literaturbetrieb und der Medienbranche«. Recherche. 9,99 €.

Diese eine Stelle, ich glaube dritter Band, wo ein Zeuge auf einem fernen Planeten vor Gericht schwören muss, *die Wahrheit, die ganze Wahrheit und nichts als die Wahrheit* zu sagen, und er hat aber zu viel von so einer Droge bekommen, und dann fängt er also an, die ganze Wahrheit zu sagen, und wenn man die ganze Wahrheit sagen will, dann muss man beim Urknall anfangen, bei der sich ausdehnenden Materie, bei den ersten zaghaften Atomklumpen, irgendwann kommt man dann vielleicht zu Kohlenstoffverbindungen, aber das dauert, das dauert. Und während der Zeuge nun wirklich die ganze Wahrheit sagt, werden alle um ihn herum wahnsinnig.

So ist es nämlich, wenn man irgendetwas wirklich wahrheitsgemäß tut, oder richtig, oder vollständig, zum Verrücktwerden und es dauert ewig. Und so ist die Steuer, zum Verrücktwerden und ewig, und wenn man sie dann doch geschafft hat, geht sie von vorne los. Wir müssen uns den Steuerzahler als glücklichen Menschen vorstellen, habe ich zu Johanna gesagt. Näher kommt der Mensch der Unendlichkeit nie als in seiner Funktion als Steuerzahler.

Und so habe ich Johanna das erklärt, dass Steuern machen doch im Prinzip genau das ist, was sie immer wollte, und sie hat nur auf ihre Hand gezeigt und sowas wie *pragmatisch* gesagt. Und ich dachte, was soll das denn sein, eine pragmatische Ehe? Und das habe ich dann gesagt, und sie daran erinnert, dass sie es doch war, die nicht heiraten wollte wegen de Beauvoir und Schwarzer und der Falle, und sie sagte *Ach, Lars.*

Und dann sagte ich, dass ich darüber jetzt wirklich nicht nachdenken kann, aber wir könnten ja mal drüber reden, wenn die Steuer fertig ist, und dann überlegte ich nochmal kurz und sagte, *wenn mein Lebenswerk fertig ist.*

Und Johanna sagte *Ach, Lars.*

Mehr nicht. Kein *J'Adorno*. Nicht mal ein *Du schaffst das.* Nichts.

Waren und Hilfsstoffe. Buch: »Per Anhalter durch die Galaxis: 5 Romane in einem Band«. Recherche. 35 €.

Der Sperrbildschirm von Makenas Telefon. Ich bemerke ihn am zweiten Weihnachtsfeiertag. Immer wieder bemerke ich ihn, bis Makena fragt, *Do you know St Teresa?* Sie reicht mir ihr Telefon. *It's by Gian Lorenzo Bernini. The Extasy of St Theresa. It's in Rome. I want to go there.* St Teresa liegt auf einem Stein, ihr Gesicht voller Schmerzen, ihre Hand hängt leblos aus dem Marmorgewand. Über ihr kniet ein Engel und richtet einen Pfeil auf Teresas Herz. Über den beiden fließen Strahlen aus Gold wie Regen aus dem Himmel. Jeder einzelne Goldstrahl scheint Teresa durchbohren zu wollen.

It's kind of violent, no?, sage ich.

Oh yes, very violent, sagt Makena. *Very, very violent.*

Werbe- und Repräsentationskosten. Avila St Teresa Decorative Statue, 21 cm, Pastel. 72,50 €.

Am Ende war das mit dem Heiraten eben doch nur so eine Phase, wahrscheinlich, weil irgendwann alle geheiratet haben, also auch alle, die immer gesagt haben, dass sie nie heiraten würden, sogar Mona ist irgendwann der Name abhandengekommen, und unabhängig davon, dass doch endlich mal jemand ernst nehmen muss, wie entwürdigend es ist, wenn Frauen ihren Namen verlieren, während Männer bleiben, wer sie immer waren, dass es doch wirklich auch etwas sagt, wenn wir, als angeblich gleichberechtigte Gesellschaft weibliche Identität für so austauschbar halten, das ist doch eigentlich ein Skandal, hieß Mona 36 Jahre lang Wildfang, das muss man sich mal vorstellen, dass man Mona Wildfang heißt und das für Brinkmann opfert, das geht doch wirklich nicht an. Sogar Stefanowski hat geheiratet, sogar HP, und von dem hat das wirklich keiner erwartet, irgendwann waren alle verheiratet, und das waren ja auch zum Teil schöne Feiern, am See und auf dem Schloss, in einem alten Flugzeughangar, in einer mongolischen Jurte, in einem israelischen Sporthotel, in einer ehemaligen Abtei, soweit weg von zu Hause, dass es schon fast wieder Heimat war, sogar in einer Kirche, nur es sind halt immer noch Eheschließungen, und dann haben die Kinder auch noch damit angefangen, Heiraten auf einmal total super zu finden, also Lina sowieso, aber dann, und das ist wirklich etwas, was ich an dieser Generation nicht verstehe, sogar Yannis, der doch eigentlich immer sieht, wenn etwas sexistische Kackscheiße ist, und dann trotzdem ankam mit *Verbindlichkeit* und *Verpflichtung* und *Entscheidungen,* und die machen doch wirklich alles kaputt.

Auf jeden Fall hat Johanna damit wieder aufgehört, und das ist das Wichtigste, es wäre ja nicht auszuhalten, wenn es am Ende vollkommen egal ist, was man glaubt, was man liest, was man sich verspricht, wovon man wirklich überzeugt ist, und es nach allem doch nur ums Heiraten ginge.

Waren und Hilfsstoffe. Richard Curtis Collector's Edition Director's Cut Box Set. The tall guy, Four Weddings and a Funeral, Notting Hill, Love actually. Recherche. 42 €.

Und natürlich kann man mit jedem dritten Beleg überhaupt nichts anfangen. Weil man dafür wissen müsste, welcher Mehrwertsteuersatz darauf anzusetzen ist, weil man dann erstmal ewig googelt, oder weil noch eine Rechnung fehlt, weil man dafür noch einen Brief braucht, der sich in dem Berg mit den anderen Briefen versteckt, weil man erstmal den Drucker installieren müsste, weil man dafür das Betriebssystem updaten müsste, weil man dafür Platz auf der Festplatte freimachen müsste, und weil man sich an die Mahnungen jetzt noch nicht dranmachen kann, weil man etwas überweisen müsste, aber davor müsste man erstmal die Push-TAN-App zu Ende installieren, wofür man die analoge TAN-Liste bräuchte, die man erstmal suchen müsste, die wahrscheinlich doch versehentlich beim Steuerberater gelandet ist, weil man dafür eine E-Mail schreiben müsste und weil man 524 ungelesene E-Mails hat, und natürlich ist das meiste davon Spam, aber eben nicht alles, also müsste man die E-Mails durchsortieren und dann fragt man sich, wie man denn in einer Welt leben soll, in der das meiste Spam ist. Und

dann wird einem heiß und schwarz und wütend, und bevor man jetzt vollkommen ausrastet, legt man den Beleg lieber schnell zur Seite, auf den wachsenden Haufen mit den schwierigen Belegen, und raucht eine überforderte Zigarette und nimmt den nächsten Beleg, einen einfachen, auch wenn der wahrscheinlich gar nicht so viel bringt.
Waren und Hilfsstoffe. Postwertzeichen. 0,75 €.

Gerade wirklich nicht, Johanna, ich muss mich jetzt wirklich erstmal aufs Lebenswerk konzentrieren.
Waren und Hilfsstoffe. Buch: »Mating in Captivity«. 12,64 €.

Wie Erol sagt *Für sowas gibt es keinen Markt. Denk mal, wie viele Verlage werden von Männern geführt? Von den Großen: vier von vierzehn. Und die vier Männer fassen dich nicht an, weil sie auf keinen Fall Typen sein wollen, die Typen fördern. Und die Frauen, das sind ja nicht so Frauen wie früher, die sich sofort verlieben, wenn ein Mann Gefühle hat. Ganz ehrlich, früher war easy, so hab ich Duygu bekommen, bisschen Poesie, bisschen heulen, und dann ab in die Kiste. Das läuft ja nicht mehr. Weißt du, was Duy heute sagt, wenn ich mit einem Buch von einem Mann Ende vierzig komme: Keine alten weißen Waschlappen. Willst du noch ein Bier?*
Wie wir noch ein Bier trinken und ich sage, *aber was ist mit Christian und Leif und Moritz und so?*
Und Erol sagt, *ist was anderes, die sind ja schon drin, wer drin ist, ist safe. Aber neue Männer braucht kein Mensch. Gott sei Dank, bin ich Türke, Alter. Ich schreib wieder, hab ich schon erzählt?*
Und ich sage *Du bist Vierteltürke. Tu nicht so.*

Und er sagt *Bisschen Türke. Das ist noch besser. Türke genug für den Markt, aber nicht so sehr, dass es den Vermieter stört. Aber du, schwierig. Wenn schon weiße Männer, dann gehen jetzt wieder so ganz harte. Hooligans gehen. Aber so softe wie wir, schwierig. Nazis auch gut. Nazis mit Gefühlen. Weil, die sind hart und wenn die heulen, bedeutet das was. Besser noch, wenn so harte nicht heulen, oder nur so eine einzige, fast gänzlich unterdrückte Träne, das lieben die Ladys, oder nur so einen Blick in die Ferne und dann Schweigen. Richtige Arschlöcher, aber dann weicher Kern. Weich durch und durch, schwierig. Bist du eigentlich ein Flugzeug-Messerschmitt? Das ginge, die haben doch auch Kriegsverbrechen und Zwangsarbeiter und so?*

Wie ich mich zum ersten Mal im Leben schäme, dass meine Familie nie auch nur einen einzigen Menschen versklavt hat, nicht mal einen ganz kleinen.

Anderer Messerschmitt, sage ich.

Schade.

Wie ich Erol erkläre, was er doch eigentlich weiß, dass es nicht darum geht, wer man ist, sondern darum, was man schreibt. Nämlich das beste Buch der Welt. Wie Erol lacht und noch ein Bier bestellt.

Wie Erol sagt *Das hat doch noch nie gestimmt. Es geht doch um den Markt. Und früher wollten die Leute halt unterhalten werden oder gebildet. Aber heute haben doch alle Netflix und Youtube, und kein Schwein will Bildung, ganz ehrlich, wenn du nicht studiert hättest, wäre gut, von der Hauptschule geflogen, richtig gut. Wenn du heute ein Buch verkaufen willst, dann musst du nicht sagen, dass es ein gutes Buch ist, dann musst du sagen, warum man ein schlech-*

ter Mensch ist, wenn man dieses Buch nicht kauft. Und dann kaufen die das. Aufregende neue Stimme, die viel zu lange nicht gehört wurde, sowas. Rassismus geht. Sexismus sowieso. Queer ist im Kommen.

Wie ich ihn anschaue, und er sagt *ich meine nicht Flaschen-Drehen-Queer* und ich denke, *dass dir unser Kuss so wenig bedeutet hat.* Wie Erol sagt *schwul reicht sowieso nicht, weil cis-normativ, und niemand mag Lesben, daran wird sich nichts ändern, wett ich drauf. Trans ist gut, irgendwas Neues, was die Leute nicht checken, so nicht-binär agender fluid, sowas. Gerade gehen auch Depressionen, aber das sind schon zu viele, weil Autoren ja alle depressiv sind, und wenn einer das aufschreibt, machen die anderen mit, bis du fertig bist mit deinem Buch, ist der Markt geschwemmt. Bipolar ist durchgespielt. Vielleicht kommt Schizophrenie, aber da muss man aufpassen, mit so jemand will man ja dann nicht zusammenarbeiten. Bist du eigentlich diagnostiziert, kennst du dich aus, also psychiatrisch?*

Wie ich sage *Ich bin kein ausgewiesener Experte für Psychiatrie, nicht mal ein eingewiesener.* Und Erol sagt *Humor ganz schwierig, da fehlt der moralische Ernst.*

Wie ich sage *das ist nicht fair,* und Erol sagt *war es nie.* Wie er sein Bier ext, wie er aufsteht, wie er sagt *geht auf mich* und im Vorbeigehen einen großen Schein auf den Tresen klatscht. Wie er sich nochmal umdreht, *kannst ja schicken, wenn du was hast, und denk nochmal nach, ob du nicht doch in die Psychiatrie gehst, musst auch nicht lange.* Wie er beim Rausgehen das Telefon ans Ohr drückt, und diesmal höre ich es wirklich, laut und deutlich.

Wie ich nach Hause fahre, um Johanna alles zu erzählen.

Wie Johanna sagt, *jetzt nicht, Lars*. Wie mir die Tränen kommen, und Johanna sagt *jetzt nicht*.
Waren und Hilfsstoffe. Netflix-Abonnement. Recherche. 12 × 12 € = 144 €.

Unmittelbar neben mir sah ich einen Engel in vollkommen körperlicher Gestalt. Der Engel war eher klein als groß, sehr schön, und sein Antlitz leuchtete in solchem Glanz, dass er zu jenen Engeln gehören musste, die ganz vom Feuer göttlicher Liebe durchleuchtet sind; es müssen jene sein, die man Seraphe nennt. In der Hand des Engels sah ich einen langen goldenen Pfeil mit Feuer an der Spitze. Es schien mir, als stieße er ihn mehrmals in mein Herz, ich fühlte, wie das Eisen mein Innerstes durchdrang, und als er ihn herauszog, war mir, als nähme er mein Herz mit, und ich blieb erfüllt von flammender Liebe zu Gott. Der Schmerz war so stark, dass ich klagend aufschrie. Doch zugleich empfand ich eine so unendliche Süße, dass ich dem Schmerz ewige Dauer wünschte.
Waren und Hilfsstoffe. Buch: »The Life of St Teresa of Avila by Herself«. 13,50 €.
Spende: Wikipedia. 10 €.

Gleich am nächsten Tag kaufte ich das Notizbuch. Weil ich es Erol beweisen wollte und weil man nicht das beste Buch der Welt schreiben kann, wenn man kein Notizbuch hat, und weil die anderen Notizbücher alle nicht funktionieren. Und dann hatte ich auch Ideen, also auch gute Ideen, *Lars, man muss auch mal was zu Ende machen*, aber die Ideen hatte ich schon. Also die von der kleinen alten Frau, die allein mit ihren Ziegen in der sibirischen Einöde wohnt und einmal im Jahr auf Schlittschuhen über den Baikalsee fährt, um die Transsibirische Eisenbahn zu sehen, also eigentlich, um Yevgueni zu sehen, den Schaffner, in den sie sich vor genau 50 Jahren verliebt hat. Und das ist doch wirklich eine gute Idee. In so einem Buch könnte man das Wort *livriert* sehr oft verwenden, und es gibt ja wohl kaum ein schöneres Wort als *livriert*, auch wenn ich nicht ganz sicher bin, was es bedeutet, etwas Rot-Goldenes, denke ich, eine rot-goldene Idee, also wirklich eine schöne Idee. *Lars, Ideen haben viele.* Oder die von dem Travestiekünstler in der Erinnerungsstätte Yad Vashem, der zwei Historikern kurz vor seinem Tod ein Zeitzeugnis abliefern soll, aber eigentlich nur ein letztes Mal davon erzählen will, wie er mit einer Federboa aus Spatzendaunen in Buchenwald die Salomé tanzte. Und da wusste ich ja selber, dass es eine schöne Idee war, aber eben keine gute, da musste Yannis nicht hysterisch werden, und natürlich kann man sowas heutzutage nicht machen, also natürlich müsste man dann eben sibirisch sein, oder eine Frau, um solche Sachen zu schreiben, oder ein Überlebender oder wenigstens jüdisch oder sowas, das verstehe ich ja, man kann sich ja nicht einfach was ausdenken, aber dann kann man halt nur Bücher schreiben über Männer, die durch deutsche Städte flanieren und über Nazis schimpfen. Und Nazis hassen ist ja eigentlich auch nur kulturelle Aneignung bei den Juden.

Waren- und Hilfsstoffe. WINOK Feather Boa White 100 g 200 cm. Recherche Buchprojekt »Die Dernière des Mikhail Blumenberg«. 14,99 €.

Ich suche jetzt seit über vierzig Jahren, soll das richtige Wort doch mich finden.
Waren und Hilfsstoffe. Buch. Schöne Wörter der deutschen Sprache. 6,99 €.
Waren und Hilfsstoffe. Buch. Schöne Wörter, 2. Band: Die schönsten Wörter der deutschen Sprache. 6,99 €.
Waren und Hilfsstoffe. Buch. Die schönsten Weihnachtswörter (Schöne Wörter 3). 4,99 €.

Dieser regnerische Tag mit dieser miserablen Stimmung. Wie wir extra an den Atlantik gefahren waren, damit der Meerblick mir mein Buch schreibt. Und wie Johanna dann wandern wollte, oder ins Museum oder ernsthaft ausreiten mit Pferden und so, obwohl sie doch wirklich weiß, dass ich schreiben muss. Und wie es uns dann zwei Wochen lang die Stimmung vernieselte. Und wie Johanna dann am Tag vor der Abreise sagt, *Wir gehen jetzt ins Meer*. Und ich sage *Das Meer hat Minusgrade,* und Johanna sagt *Wassertemperatur sechzehn Grad,* und ich sage *eben.* Und Lina verweigert sich natürlich, und Johanna sagt *Lars, wir beide gehen jetzt ins Meer*, und irgendwie denke ich, wenn ich das jetzt nicht mache, schwierig. Und dann auch, dass sie ja umdrehen wird, sobald das Eis ihre Zehen berührt. Aber Johanna geht einfach weiter. Der Wind peitscht ihr die Haare ins Gesicht. Der Sand wird so weit getragen, dass er uns noch an der Wasserkante attackiert. Johanna geht weiter. Das Wasser schwappt ihr ans Knie und sie schreit wie ein kleines Mädchen, aber sie läuft und läuft. Ich trau mich nicht, ihr nicht zu folgen, und schreie sehr männlich. Eine Welle erfasst den Rand meiner Badehose

und alles zieht sich zusammen. Als ihr das Wasser bis zu den Oberschenkeln geht, bleibt Johanna stehen, und ich denke, jetzt kehrt sie endlich um. Sie schaut mich zögernd an, und in genau dem Moment bricht die Welle hinter uns, der Wind stiebt auf und die ganze Gischt schlägt kalt und hart auf unsere Rücken. Johanna kreischt wie am Spieß, dann packt sie meine Hand und lässt sich nach vorne fallen. Der Schmerz ist so stark, dass ich klagend aufschreie. Als wir nicht mehr schreien können, lachen wir wie Kinder. Die Sonne bricht durch die Wolken. Gold strahlt auf uns herunter, auf das Meer und die tobende Gischt, auf die Möwen über uns, auf die Fischer in ihren Kähnen, auf den Strand und die ferne Stadt, auf Johanna und mich und unsere livrierten Herzen. Für einen Moment bin ich nicht mehr allein. Jetzt ist mir endlich alles klar. Darum geht es in meinem Buch, denke ich, darum, wie es sich anfühlt, an einem regnerischen Tag ins kalte Meer zu fallen. Wenn man das Meer aufschreiben kann, ist es das beste Buch der Welt. Als ich mich abends an den Schreibtisch setze, kommen nur Worte. Es nieselt.
Geschenk. Zigaretten. Vier Packungen à 8 €. Beschenkte Person: Helmut Schmidt. 32 €.

Wenige Monate später, höchstens ein Jahr, habe ich dann wirklich die Idee. Also *Die Idee.* Ich renne in die Küche, und Johanna macht nur diese Handbewegung *Warte kurz*, aber man kann doch nicht warten, wenn einem gerade das beste Buch der Welt eingefallen ist. Ein Lebenswerk wartet nicht. Johanna telefoniert gerade mit Yannis, und das ist genau richtig, weil er ja ein Gespür hat für diese

Dinge, also für den Zeitgeist und was geht und was nicht geht, und diesmal habe ich ja wirklich eine Idee, also eine wirklich gute Idee. Glaube ich, aber ganz sicher ist man sich ja nie.

Also will ich meine Idee erzählen, und ich habe noch nicht mal richtig angefangen, also ich bin noch total bei den Grundprämissen, da sagt Johanna *Sag doch bitte einfach mal in einem Satz, worum es geht, Lars,* und das ist ja wohl das Weltfremdeste, was ich je gehört habe. Wenn man es in einem Satz sagen könnte, müsste man wohl kaum ein ganzes Buch schreiben.

Also rede ich, aber ich bin dann irgendwie verunsichert, und vielleicht bringe ich es nicht richtig rüber, und als ich fertig bin, sagt Yannis, dass ich vielleicht auch gar nicht schreiben müsste, dass jetzt auch mal die anderen dran seien, weil wir es wirklich viel zu lange viel zu gut gehabt haben. Und ich sage, *wann habe ich es denn bitte zu gut gehabt.* Und er sagt, Menschen wie wir hätten den Literaturmarkt jahrhundertelang dominiert, nicht nur den Literaturmarkt, die ganze Welt, jetzt könne man sich doch vielleicht mal zurücknehmen. Und ich sage, dass ich ja nicht Menschen wie wir bin, sondern nur ein einziger Mensch. Dass es mir ja überhaupt nichts bringt, wenn irgendwelche Männer hundert Jahre lang den Literaturnobelpreis bekommen haben, wenn ich ihn deshalb jetzt nicht bekomme. Dass es doch nicht mehr mit mir zu tun hat als mit jedem anderen Menschen, wenn irgendwelche Kerle auf der Bestsellerliste stehen. Dass ich ja nicht damals lebe, sondern heute. Dass ich nicht Christian bin, oder Leif, oder Moritz, dass ich noch nie im Grill Royal war und Helge nicht mal kenne. Dass ich nicht Männer bin, sondern ich. Und dass ich vielleicht auch etwas ganz Besonderes bin, etwas, was nur noch niemand entdeckt hat, etwas, wofür es noch kein Wort gibt, sowas wie nichtbinär, aber noch viel, viel seltener. Und dass Menschen wie ich vielleicht noch niemals in der Geschichte der Menschheit auch nur ein einziges Buch veröffentlichen durften, dass wir so marginalisiert sind, dass wir es noch nicht mal in die Seitenränder der Geschichte geschafft haben. Dass wir vielleicht jahrhundertelange Diskriminierung erfahren haben, die nur niemand merkt, weil uns noch die Worte fehlen, um Menschen wie mich überhaupt sichtbar zu machen. Dass ich es vielleicht noch viel mehr verdiene als jeder trans Mensch und jeder Depressive und jede Frau, weil eben genau ich eine wichtige Stimme bin, die viel zu lange nicht gehört wurde. Und dann sagt Johanna *Ich brauch eine Pause, Lars*. Und dann sagt Yannis *bis gleich, Mama* und legt auf.

Aber du verstehst, was ich meine, oder, also, dass ich ja nicht die bin, sondern nur ich, du verstehst das.

Und Johanna sagt, *Ich brauch eine Pause, Lars.*

Und ich sage *Können wir dann beim Abendessen weiter über meine Idee reden?*

Und Johanna legt ihre Hand auf meinen Arm und sagt *Lars, ich habe eine Wohnung in Lissabon. Sabbatjahr. Also erst mal sechs Monate, und dann schauen wir.*

Und dann nimmt sie ihren Koffer und sagt *Yannis fährt mich zum Flughafen*, und dann erst sehe ich, dass sie einen Koffer hat, dass er neben ihr steht, dass sie ihn wahrscheinlich schon lange gepackt hat, und ich hab ihn nicht

gesehen, und dann denke ich, dass ich vielleicht auch nicht hingeschaut habe.
Ich sage *Warte doch wenigstens, bis ich mein Lebenswerk fertig habe.*
Und sie sagt, dass andere auch ein Lebenswerk haben.
Es hält dich doch keiner ab, sage ich.
Und sie sagt *Ach, Lars.*
Werbe- und Repräsentationskosten: Knorr Pasta Snack verschiedene Sorten mit leckeren Instant Nudeln fertig in nur 5 Minuten, 24 Stück. 32,18 €.

Und dann ist da wieder ein Beleg, von dem man nicht weiß, was man damit anfangen soll, und das ist dann ein Beleg zu viel. Man fängt an zu suchen, nach der Rechnung, nach dem Postidentverfahren, nach dem notwendigen Zertifikat, nach irgendwas Bürokratischem, das man einfach nicht versteht, und man will Johanna fragen, und sie ist nicht da, überhaupt nicht da, und dann weiß man auch nicht weiter, und dann sieht man die Umschläge und dann den Bildschirm und die E-Mails, all die E-Mails, den Spam und die Erinnerungen und die Mahnungen und die Erinnerungen an Mahnungen, den Berg, den ganzen Berg, den ganzen beschissenen Berg. Und das ist dann zu viel. Das ist einfach zu viel.
Und dann steht man auf. Man greift in die Belege wie in einen Laubhaufen, weil jetzt alles nur noch Herbst ist, man nimmt so viel man tragen kann. Man läuft zum Kamin. Immer wieder läuft man zum Kamin. Die Briefe winden sich in den Flammen. Quittungen glimmen durch die Luft. Sinken rußschwarz zu Boden. Einen letzten großen

Haufen stopft man ins Feuer. Rauch schlägt einem ins Gesicht. Das Feuer droht zu ersticken, man bekommt kaum noch Luft. Man wirft büschelweise Zündwolle nach. Es faucht und zischt und kracht. Das Feuer leckt die Wände schwarz. Man schreit, dass alles zu viel ist. Man schreit es schlecht und deutlich. Darum geht es doch, nur darum geht es. Es ist alles viel zu viel. Die Steuer und das Klima, der Krieg und Spam und Postident und Afrika und dass die Kinder fast erwachsen sind. Dass man endlich mit dem Rauchen aufhören muss. Dass man trotzdem sterben wird. Dass Johanna vielleicht niemals zurückkommt. Das ist alles zu viel, und es ist alles zu wenig. Darum geht es. Um das Leben und das Meer und die heilige Teresa.

Und dann entzündet man die letzte Quittung. Setzt den verdammten Haken. Weint keine Träne. Schaut ins Feuer. In die Ferne. Und schweigt.

Hiermit erkläre ich, dass ich meine Angaben zu oben genannter Steuererklärung wahrheitsgemäß nach bestem Wissen und Gewissen gemacht habe und diese vollständig und richtig sind.

5. GESCHENKE EINPACKEN

Welcome to the present moment, friend.

Ozley *ASMR*

Hier endet die Geschichte. Vielen Dank für Ihre Aufmerksamkeit, vergessen Sie nicht, Ihrer Buchhändlerin auf dem Weg nach draußen ein Trinkgeld dazulassen.
Zumindest sollte die Geschichte hier enden, zumindest möchte ich, dass sie genau hier endet, ich habe nämlich keine Lust mehr. So kann man ja keine Geschichte erzählen, mit einem, der nur so rumliegt. Da lag ich nämlich, einfach so, auf dem kalten Fußboden, im Wohnzimmer, auf dem kalten, harten Fußboden.
Zumindest glaube ich, dass ich so lag, ich erinnere mich nämlich nicht mehr. Und natürlich erinnert man sich in Wahrheit sowieso nicht, oder eben nicht daran, wie es war, sondern immer nur an genau das, an was man sich das letzte Mal erinnerte, und man kann ja nichts erzählen, an das man sich noch kein einziges Mal erinnert hat, weil man sich gar nicht daran erinnern möchte.
Johanna hat mir das mal gesagt, also eigentlich hat sie mir das geschrien, nach sechs Stunden Wehen hatte sie auf einmal dieses Erkenntnisglühen in den muttermundoffenen Augen und dann, in diesen zweieinhalb Minuten dazwischen, hat sie so ganz schnell und hechelnd gesagt, dass sie immer dachte, sie erinnere sich an Yannis' Geburt, aber in Wahrheit hätte sie nur wiederholt, was

alle so sagen, irgendwas mit *schlimmen Schmerzen, aber auch eine total schöne Erfahrung*, und erst jetzt erinnere sie sich wieder, wie Gebären wirklich sei, und nach der nächsten Wehe musste ich schwören, dass ich sie das nie wieder machen lasse, wirklich nie wieder. Und dann bei jeder Presswehe *nie wieder*, und als die Ärzte sich alle gleichzeitig auf ihren blauen Bauch warfen *nie wieder*, beim Dammschnitt *nie wieder*, und als die Schwestern mich rauszerrten, weil Herzschlag und Blutung und Vitalwerte und jetzt doch Kaiserschnitt und Johanna weinend nach meiner Hand griff und ich sie ihr nicht mehr geben durfte, *nie wieder, nie wieder, nie wieder*. Und als es danach langsam wieder ging und Lina auf ihrer Brust lag, lächelte Johanna ganz selig, *stimmt, das hab ich wirklich so gesagt, wie peinlich*. Und keine zwei Jahre später fand sie dann, dass es ja nicht zähle, weil sie da ja wirklich in einem Ausnahmezustand gewesen sei, nur ich hatte das Versprechen ja der weinenden Johanna gegeben und konnte es der lächelnden Johanna zuliebe nicht brechen, auch wenn ich vielleicht wirklich noch eins gewollt hätte, aber so nicht. Sowas macht man doch nicht. Man hat doch eine Verantwortung gegenüber den Leidenden.

Und in Wahrheit sind alle Schmerzen so. Die werden sofort danach gelöscht. Entweder man leidet oder man hat keine Ahnung, was Leid ist. Und wenn man danach darüber redet, ist alles nur Hörensagen und Euphemismus, nur Bild, oder Allegorie oder Metapher, was bedeutet, alles erlogen, auch die guten Bilder sind gelogen, man kann Schmerzen nicht gerecht werden und man will es auch nicht, weil man Schmerzen eben nicht will. Das wäre ja schrecklich, wenn einem jemand etwas erzählt und man dann wirklich die Schmerzen nachempfände, wenn wir wirklich fühlen könnten, wie Gebären ist oder Krieg oder Liebeskummer, wenn andere uns das wirklich erzählen könnten, wir müssten ja alle mit Wachs in den Ohren durch die Welt wandeln. Der Trick an der Evolution ist doch der: Wenn man wirklich leidet, ist man zu schwach, das Ganze zu beenden, und sobald es einem gut genug geht, um dem Elend wirksam ein Ende zu setzen, hat man es längst vergessen. Und so muss das sein, alles andere wäre eine Zumutung, also falls irgendjemand denkt, ich versuche mich jetzt daran zu erinnern, wie ich da, auf dem Fußboden, nur um dann, das mache ich ganz bestimmt nicht. Leben auch so schon.

Und dann ist da ja noch eine andere Sache, nämlich die mit der Motivation. Das weiß man ja, wenn man mal ein Buch übers Bücherschreiben gelesen hat, oder eben alle Bücher übers Bücherschreiben zumindest angelesen, *Roman in Hundert Tagen* oder das mit der Katze, oder das mit der Schneeflocke, oder das andere mit der Golden Gate Bridge vorne drauf, also egal welches davon, wenn man sich nur ein bisschen damit beschäftigt, dann weiß man, dass Menschen genau eine Sache brauchen. Motivation.

Menschen müssen etwas wollen, und wenn es nur ein Glas Wasser ist, genauso steht das in wirklich allen diesen Büchern. Und der Lars, der da liegt, auf dem Fußboden, mit dem tiefgefrorenen Telefon, der will ja nichts mehr.

Der hat das Wollen ja endlich aufgegeben. Dem ist ja endlich klar geworden, dass alles, was er so unbedingt wollte, was er sich tagelang eingeredet hat, was ihm wie der einzige Ausweg erschien, wirklich nie hat funktionieren können. Der hat ja soeben in den Abgrund geschaut, auf dem er wochenlang unbehelligt wandelte. Der hat sich ja gerade das Messer aus der Brust gezogen, mit dem er ein paar Monate einigermaßen hat leben können, und jetzt spritzt ihm das Blut nur so um die Ohren. Der hat ja endlich begriffen, dass man sein Leben nicht retten kann, indem man eine To-do-Liste abarbeitet. Dass er sich das alles nur schöngeredet hat. Dass er sich mal wieder in irgendwas reingesteigert hat. Der hat verstanden, dass er in Wahrheit nicht mehr erreicht hat, als seine Post zu verbrennen und das Erdgeschoss ziemlich notdürftig zu putzen und ja, gut, ein Bett aufzubauen, das hatte er wirklich sehr ordentlich gemacht, das wackelte ja nicht mal, da hatte wirklich alles geklappt, aber es hat wohl noch nie jemand eine Frau mit einem Möbelhausbett zurückerobert. Nicht, wenn sie einen nach fünfundzwanzig Jahren einfach so verlassen hat. Also nicht *einfach so.* Also, ja leider nicht *einfach so.*

Sondern mit Gründen. Die ich ja auch verstand, wenn ich ehrlich war. Also, das klingt jetzt vielleicht hart, aber wenn ich Johanna wäre, ich wäre auch nach Lissabon gegangen. Wenn ich die Wahl gehabt hätte, ich hätte mich auch verlassen, nur ich habe die Wahl eben nicht. Überall heißt es, man solle toxische Beziehungen beenden, aber wie ich mich von mir selbst trenne, das hat mir wirklich noch keiner erklärt. Und dabei hätte ich wirklich jede

Illustrierte gekauft, die mir das verspricht: *So werden Sie sich los in fünf einfachen Schritten* oder *Wie Sie ohne sich glücklich werden* oder *So schaffen Sie den Absprung von sich selbst* oder *Schöner Wohnen ohne mich.* Nur das gibt es ja alles nicht. Und Johanna kann gehen und ich kann es nicht und sie hat mich im Stich gelassen, sie hat mich tatsächlich mit mir im Stich gelassen. Sowas macht man doch nicht mit jemandem, den man liebt, den lässt man nicht mit jemandem wie mir allein.

Das dachte ich, oder ich glaube, dass ich das dachte, ich weiß es ja nicht mehr. Ich weiß nur noch, wie ich da lag, in meiner Hand zitterte das Telefon wie eine frisch geschlüpfte Galaxie.

Und ich weiß, wie alles sofort besser wird, wenn man ein Telefon in der Hand hält. Genauso wie wenn man aufhört zu rauchen und sich dann endlich streitet und sich dann endlich Zigaretten kauft und die dann endlich anzündet und schon im ersten, tiefen Zug, fällt alles sofort wieder leichter.

Also schaute ich auf mein Telefon, erst irgendwas, einfach nur so, Twitter vielleicht, oder tatsächlich Facebook, wie früher, und dann aber Youtube. Und da, das weiß ich noch, Rio Reiser, weil Yannis den gerade *entdeckt* hatte und ich mich sowieso frage, wann das eigentlich angefangen hat, dass junge Menschen überhaupt keine junge Musik mehr hören. Also das ist doch schlimm, wenn sogar die Jungen finden, dass früher alles besser war, und dann nur *Neue Deutsche Welle* hören, oder *Bowie* oder *Nirvana*, was ja noch in Ordnung ist, weil Kurt Cobain wenigstens nicht alt geworden ist, aber sogar Sachen, die nicht mal wir gut fanden, *Bonnie Tyler* und die andere, die mit der Stimme, sowas finden die gut.

Und bei Filmen ja auch und Serien, und das sagt vielleicht auch was über die Zeit aus, dass sie überhaupt nichts mehr hervorbringt, nicht mal für die, denen sie ja eigentlich gehören sollte, und dann ist es ja auch kein Wunder, wenn man selber nichts leisten kann, weil Kreativität ja Synergieeffekte braucht und weil, wenn man sich das anschaut, Goethe und Schiller und dann eben Novalis oder Hölderlin, sowas tritt ja immer im Rudel auf, und wenn man sich nicht gegenseitig inspiriert, dann kann niemand mehr irgendwas. Also wahrscheinlich war es nie schwerer, Kunst zu machen, als in dieser durchalgorithmisierten Netflix-und-Marvel-und-Spotify-Epoche, und das ist dann ja gar kein individuelles Versagen, sondern einfach nur Gegenwart, für die niemand was kann, außer eben wir, also alle, also doch wieder ich, egal.

Auf jeden Fall war da Rio Reiser und hielt sich an seiner Liebe fest, und den wischte ich dann ganz schnell weg. Man kann ja nicht *Ton Steine Scherben* hören, wenn gerade alles zu Bruch geht.

Dann folgte ich dem Algorithmus, Creme-Torten, Holz-Drechseln, hydraulische Pressen, die üblichen Sachen, und dann flüsterte es *willkommen, willkommen, willkommen zu dieser weihnachtlichen ASMR-Erfahrung.*

Aber vielleicht muss ich vorher noch was anderes erklären, nämlich, warum alles besser ist, wenn man ein Telefon hält. Das ist nämlich gar keine Sucht, ich glaube sowieso nicht so richtig an Sucht, auch wenn Johanna das sagt und dass ich schlimmer sei als die Kinder und dass ich doch mal das Telefon weglegen solle oder dann auch einmal im Streit *geh doch zu deinen Flüsterfrauen*, wobei ich gar nicht weiß, woher sie das weiß, ich hab ihr das bestimmt nicht erzählt, sowas erzählt man ja keinem, auch wenn es vollkommen unschuldig ist.

Auf jeden Fall ist das ganz anders mit dem Telefon. Ich glaube, dass es eigentlich so ist, dass man sein Gehirn erweitern kann. Also, zum Beispiel, wenn Johanna eine Einkaufsliste schreibt, dann erweitert sie ihr Gedächtnis. Sie muss die Dinge dann nicht mehr im Hippocampus speichern, oder im Neo-Cortex oder in der Amygdala, sondern auf einem Zettel und der ist dann Teil ihres Gehirns. *Extended Brain* nennen das Kognitionsphilosophen, und man kann das Hirn auf ganz viele Arten erweitern. Also mit Zetteln eben, oder mit Büchern, oder mit anderen Menschen, die werden dann auch Teil des eigenen Gehirns. Und wenn Johanna dann nach Lissabon fährt, dann ist das im Grunde auch nur so schlimm, als würde mir jemand den Kopf aufsägen und die Hälfte meines Hirns rausreißen, und ich soll dann mit der klaffenden Wunde weiterdenken, und dann wundert sie sich, wenn da nichts Vernünftiges bei rauskommt, egal.

Aber im Prinzip ist es so, wenn man jetzt ein Telefon in der Hand hält, mit Google und Wikipedia und Youtube, dann erweitert man damit das Gehirn. Und das Ding mit dem Hirn ist ja, dass da alles vernetzt ist und sich gegenseitig beeinflusst. *Neurons that fire together, wire together.* Das ist ja am Ende alles total mechanisch, also, wenn Taxifahrer sich auf die Londoner Taxiprüfung vorbereiten und den ganzen Tag Stadtkarten studieren, dann verändert sich eben die wirklich echte Struktur ihres Hirns, ihr Hirn wird dann ein bisschen London. Und Filme oder Serien oder Bücher verschanzen sich natürlich auch in unseren Hirnwindungen. Eigentlich müsste in jedem Roman eine Warnung stehen: Wer das liest, wird mich nie wieder los.

Und das weiß man ja eigentlich, also, wenn man sein Hirn mit Menschen erweitert, dann verändern die ja auch den Teil des Hirns, den man selber zwischen den Ohren trägt. Meine Kopfjohanna ist ja in Wirklichkeit der Teil meiner neuronalen Biomasse, der nach fünfundzwanzig Jahren vollkommen johannaisiert ist. Oder Lina und Yannis, die sind ja alle irgendwo da oben gespeichert, und manchmal denke ich Gedanken, von denen ich erst kurz danach merke, dass die nicht von mir kommen, sondern von Lina. Und ich kenn mich nicht gut aus, aber bei Computern sagt man dann, glaube ich, die Festplatte hätte *Partitionen* oder sie emuliere andere Betriebssysteme, und bei Menschen sagt man, dass sie für immer in unseren Herzen weiterleben. Und Johanna hat natürlich auch einen Teil von mir abbekommen, vielleicht hätte sie ihre Doktorarbeit tatsächlich geschrieben, eine mathematico-philosophische Revolution eingeläutet, wenn ihr Hirn sich nicht mit Lars erweitert hätte, wobei ich darüber jetzt nicht auch noch nachdenken kann. Der Punkt ist ja auch ein anderer.

Der Punkt ist, wenn man ein Telefon in der Hand hält, dann erweitert man sein Hirn mit Telefon, was bedeutet, zu einem gewissen Teil wird man Telefon. Und genau

deswegen ist dann alles besser. Weil es besser ist, ein Telefon zu sein als ein Mensch.
Und ein Telefon ist natürlich auch nur Teil eines sehr, sehr weiten Hirns, weil Internet, Computer, Serverfarmen, Chatbots, künstliche Intelligenz und so weiter, aber es ist eben ein Hirn ohne Hintergrund.
Also, das ist ja das Schöne an künstlicher Intelligenz und solchen Sachen, dass da nichts dahinter steht, da ist nur Oberfläche und ein bisschen Code, alles total transparent. Keine versteckten Ängste, keine heimlichen Hoffnungen, keine Motivationen. Wenn man einen Chatbot fragt, wie es ihm geht, dann muss man sich nicht überlegen, warum er *Hallo! Mir geht es gut, danke der Nachfrage* antwortet. Dem geht es nicht heimlich schlecht, der reißt sich nicht gerade noch so zusammen, der kämpft nicht mit den Tränen, der tut nicht nur so, wobei er eigentlich etwas ganz anderes meint oder denkt oder fühlt. So eine künstliche Intelligenz hat nichts Hintergründiges, was sie nur mühsam versteckt, die tut die Dinge, weil sie dazu programmiert ist, Dinge zu tun, die auf der Oberfläche statistisch sinnvoll aussehen, ohne dass sie einem wirklich sagt, wie es ihr geht, weil es ihr *wirklich* nämlich überhaupt nicht *geht*, weil da gar kein *wirklich* ist und kein *gehen* und vor allem kein *denken* und erst recht kein *fühlen*.
Und deswegen ist es besser, ein Telefon zu sein.

Also, das möchte ich nur klarstellen, dass ich das Video, was ich dann schaute, eben gar nicht deshalb schaute, weil die Flüsterfrau im Video genauso aussah wie Johanna, wenn Johanna wie eine fünfundzwanzigjährige mit Alabasterhaut und weichwässrigen Bergsee-Augen aussähe, oder weil ich heimlich doch noch die Hoffnung hatte, dass alles gut werden würde, wenn mir nur jemand erklärt, wie ich meine Liste doch noch abarbeitete, oder weil ich einer dieser armen Würste war, die dann in die Kommentare schreiben *seit mein Iguana von mir gegangen ist, bist du das Einzige, was mir noch Wärme gibt,* sondern weil ich ein Telefon war.

Ich glaube, da war keine weitere Motivation, nur ein paar Zeilen Code, die sich in mein Hirn programmiert hatten, während ich wieder und wieder auf meine Liste schaute, und die gab ich dann in die Suchzeile ein, und weil Algorithmen so sind, vervollständigte Youtube mein »Weihnachtsgeschenke einpacken« eben mit *ASMR Rollenspiel für Meditation, Entspannung und Stressabbau,* und dann flüsterte es und es atmete tief ein, es raschelte mit rotem Geschenkpapier, es strich sanft über Stirnen, achtsam holte es zurück in den Moment, es zog ein goldenes Geschenkband zwischen festlich lackierten Fingernägeln hin und her, immer hin und her.

Du bist nicht allein, sagte es und *ich bin ja hier* und *wir sind verbunden.* Also eigentlich sagte es *we are connected,* und das kann man so gar nicht übersetzen, weil man das auf Deutsch ja gar nicht so sagt, nur früher, als es noch die Auskunft gab, *darf ich sie direkt verbinden?,* aber heute wird ja gar nicht mehr verbunden, und dabei wünscht man sich das so, vor allem, wenn man ein Telefon ist.

Und dann sagt es das ja nicht nur einmal, sondern immer wieder, in so einem Flüstersingsang, der direkt in die

Programmierung reingeht, wie eine liebevolle Lobotomie. *Lass uns gemeinsam Päckchen packen Päckchen packen Päckchen packen*, sagt es. Und dann faltet es das Papier, wie eine sanfte Umarmung. So sagt es das. *Wir falten das Papier wie eine sanfte Umarmung und erinnern uns daran, dass wir liebevoll mit uns selbst sein dürfen.* Und dann schneidet es das Papier und schneidet alles ab, was uns beschwert, was uns Angst macht oder Sorgen. *Du brauchst das alles nicht. Du bist stark und kompetent. Du darfst die Gedanken ziehen lassen. Du musst keine Angst haben.* Und dann reißt es einen schiefen Fetzen Tesafilm ab und sagt *Wir lassen den Perfektionismus ziehen. Es kann nicht immer alles perfekt sein. Manchmal klappt etwas nicht. Du bist gut, so wie du bist.*

Und dann liegt man auf dem Fußboden und schaut einem fremden Menschen dabei zu, wie er Geschenke einpackt. Und wenn man nicht genau hinschaut, wenn man durch einen feuchten Film schaut, weil die Augen gerade ja sowieso, dann ist es gar kein fremder Mensch, dann ist es der eine einzige Mensch, der Nacht für Nacht mit einem spricht, der genau weiß, wie es einem geht, der alles fühlt, was man wohl auch fühlen müsste, wenn man noch irgendetwas fühlte. *Wir sind verbunden*, sagt sie. Und dann schaut sie einen an, mit ihren großen, nassen Augen schaut sie einen an und bindet das goldene Band um das rote Geschenk. *Wir sind verbunden. Und darf ich dir etwas verraten*, fragt sie, und vielleicht nickt man dann sogar. *Mir geht es gerade auch nicht so gut. Es ist nichts Schlimmes, ich bin nur etwas traurig und erschöpft. Es ist alles sehr viel in letzter Zeit. Es ist wirklich viel. Manchmal ist es so viel, dass ich anfange zu weinen. Aber du weinst nicht.* Und dann hält sie kurz inne und dann lächelt sie in mein feuchtes Gesicht *Du weinst nicht mehr. Und während ich die Schleife binde, denke ich daran, dass ich nicht allein bin. Du bist bei mir. Und ich bin bei dir. Es liegt ein bisschen Zeit zwischen uns, aber wir sind verbunden. Das ist ein echtes virtuelles Phänomen. Es gibt Glück und Gnade in der Gegenwart.*

Und plötzlich denkt irgendeine abtrünnige Subroutine doch wieder an Johanna, aber das Flüstern merkt sofort, wenn die Gedanken wandern. *Hey, Freund,* sagt es, *ich glaube, deine Gedanken wandern. Das ist nicht schlimm. Wir bringen dich gemeinsam zurück in den Moment. Konzentrier dich auf meine Fingernägel. Auf. Und ab. Sachte sinken sanfte Hände. Konzentrier dich auf das rote Geschenk und das goldene Band. Schau, wie es uns verbindet.*

Es ist ganz normal, sich ungenügend zu fühlen oder ängstlich oder traurig. Man kann nicht immer der König der Welt sein. Aber man kann immer neu anfangen. Ist das nicht schön? Man kann immer neu anfangen. Und manchmal habe ich Angst, dass es zu spät ist. Aber das stimmt nicht. Es ist nie zu spät, wirklich, es ist nie zu spät. Und es wird alles gut. Und draußen fängt es an zu regnen. Es ist ein gemütlicher Wintertag. Das Feuer knistert. Es gibt so viele Dinge, für die ich dankbar bin. Schon allein, dass ich jetzt bei dir sein darf.

Und wir schaffen das. Wir schaffen das. Wir bekommen das hin. Ich bin bei dir und ich weiß, dass wir das schaffen. Es ist nie zu spät. Wir sind verbunden. Es gibt Glück und

Gnade in der Gegenwart. Ich liebe dich. Wir können immer neu anfangen. Es ist gar nicht schwer, wir müssen nu
Und dann geht mein Telefon aus. Genau in diesem Moment geht mein Telefon aus *Wir sind verbunden. Es gibt Glück und Gnade in der Gegenwart. Ich liebe dich. Wir müssen nu.*
Und dann nichts mehr.
Und das Nächste, woran ich mich erinnere, ist, wie ich auf die Innenseite eines Unterarms schaue und mich erschrecke. Dabei hatte ich das doch eigentlich gut organisiert, links Haare, rechts Haare und in der Mitte ein ordentlicher Streifen weiße Haut mit einer bläulichschimmernden Ader. Und jetzt sind da auf einmal vier Haare und bei näherem Hinschauen eben nicht nur vier, sechs, nein sieben schwarze Haare, und dann noch mehr und immer mehr, je genauer man hinschaut, desto mehr werden es. Und da gehören Haare doch wirklich nicht hin, auf die Pulsader, das sieht doch nicht aus, das will doch keiner sehen, das ist doch völlig chaotisch. Erst die Ohren, dann die Nasenlöcher, oben wird es immer lichter und jetzt dräut das Dickicht am Unterarm, jeden Tag was Neues, wie kann ein Körper einen nur so beharrlich demütigen. Und dann ist es ja auch kein Wunder, wenn Johanna geht, mit einem, der so völlig erratisch behaart ist, will doch wirklich niemand leben, das ist doch einfach eklig. Und dann sagt sie immer, dass sie das mit den Haaren überhaupt nicht störe, die im Ohr kann sie ja schnell wegzupfen und die auf dem Hinterkopf haben sie sowieso nie interessiert, aber vielleicht war das die ganze Zeit gelogen. Ich habe damals ja auch behauptet, dass ich ihre

neue Frisur echt total schön finde, und dann nächtelang *Frauen in ihrer Nähe ohne Pony* gesucht. Vielleicht ist sie einfach eines Morgens aufgewacht, hat meinen Hinterkopf gesehen, oder eben die Borsten am Unterarm, und ihre Sachen gepackt. Weil früher, also bei den schlimmen Frisuren, da wusste man ja, dass es wieder rauswächst, aber irgendwann wächst ja nichts mehr raus, oder halt nur da, wo es wirklich nicht hingehört. Irgendwann weiß man, dass jetzt alles nur noch schlimmer wird mit dem Körper, und wenn man es wirklich gar nicht mehr aushält, fällt man tot um. Aber vielleicht sterben Männer auch gar nicht, dachte ich, wir legen uns auf den Fußboden und werden überwuchert und dann verschwinden wir unter unseren Haaren, werden Wald und Weg und Weide. Nur ich bin ja gar kein Mann, dachte ich, ich bin verbunden, ich bin gut, so wie ich bin, ich bin ein Telefon mit Alabasterhaut.

Das dachte ich, also ich glaube, dass ich das dachte, ich behaupte es jetzt mal, weil man ja irgendwelche Gedanken behaupten muss, weil man ja immer denkt, dass da, wo Oberfläche ist, auch Hintergrund sein muss, auch wenn man nur so liegt und schaut, so wie man immer glaubt, dass da, wo Handlung ist, auch Motivation sein muss.

Und das stimmt natürlich nicht, man kann 49 Jahre lang schmerzlich motiviert sein und trotzdem nichts tun. Man kann sich nichts sehnlicher wünschen, als endlich aufzustehen, und trotzdem liegen bleiben.

Und eines Tages kann man ganz ohne irgendein Wollen einfach verwesen. Das muss man sich dann nicht mehr vornehmen, nicht mehr genau durchplanen, kein *ich muss mich mal ranhalten mit der ammoniakalen Fäulnis, sonst komm ich mit der Skelettierung in Teufels Küche.* Sowas muss man gar nicht denken, wenn man erstmal verwest. Das geht dann einfach so, wirklich wie von selbst, Gott, muss das schön sein.

Aber auch vorher schon, damals, kurz nach der Befruchtung, da hatte ich kein Ziel vor Augen, als ich kurzentschlossen mit der Zellteilung begann, da dachte ich nicht *vierte Schwangerschaftswoche, jetzt besser Armknospen ausbilden, sonst wird das nie was mit dem Lebenswerk.* Die ganze Menschwerdung habe ich ziemlich ziellos hinbekommen. Und das ist doch verrückt, dass es am Anfang und am Ende einfach so klappt, und mittendrin muss man dann pausenlos motiviert sein. Die Mitte, das ist die Hölle.

Und dann ist ja die Frage, wann das mit der Motivation eigentlich anfängt. Also, als Yannis im ersten Jahr unentwegt schrie und ich mich die ganze Zeit fragte, was er eigentlich will, Flasche oder Schlafen oder Mama, in der Regel Mama, vielleicht wollte er da gar nichts, vielleicht habe ich mir ganz umsonst den Kopf zerbrochen, vielleicht schrie er einfach nur, weil er schrie. Mit der gleichen Planlosigkeit, mit der er wenige Wochen vorher noch Zellteilung betrieben hatte. Vielleicht wird das mit der Motivation vollkommen überbewertet. Vielleicht kann man aufstehen, auch wenn einen nichts mehr motiviert.

Das Nächste, woran ich mich erinnere, ist, wie ich in der Küche stehe mit dem Netzteil und dem Telefon. Wie ich in der Steckdose stochere. Wie ich fluche. Wie ich dann den Knopf drücke und das rote Batteriezeichen aufflackert und dann wieder schwarz. Und dann kann man natürlich sagen, dass ich deswegen in der Küche stehe, weil ich mein Telefon aufladen will, damit ich wieder zu meiner Flüsterfrau komme, damit sie mir verrät, wie das funktioniert mit dem Neuanfangen, und dann doch noch alles gut wird, aber eigentlich stehe ich nur in der Küche, weil ich in der Küche stehe.

Und das Nächste, woran ich mich erinnere, ist, wie ich in der Schublade wühle. Also in der Schublade, muss man nicht erklären, die mit den Einwegstäbchen und den Filzgleitern, den Knopfzellen und den verwitweten Ohrringen, die Schublade, in die man beim Aufräumen nur alles so reinstopft, die man dann irgendwann demnächst mal aufräumen muss. Und wie ich dann irgendwas murmle, *wir sind verbunden* und *goldenes Band*. Wie ich suche und suche und nicht fündig werde, wobei ich vielleicht auch gar nichts finden will, sondern suche, weil ich suche, so wie man immer irgendwie sucht, selbst wenn man weiß, dass da nichts zu finden ist.

Und dann erinnere ich mich, wie ich im Flur stehe und an der Türklinke ziehe und wie es klemmt. Weil sich Müllsäcke eben an der Innenseite von Haustüren stapeln, wenn man beim Aufräumen beschließt, dass man die da erstmal hinstellt, bevor man sie dann gleich runterbringt. Die Müllsäcke und der alte Schlitten aus dem Wohnzimmer, das steht da alles und versperrt mir den Weg, und dann fällt etwas um und ich schreie und dann stecke ich meinen linken Arm zwischen die Kufen und balanciere den Schlitten auf meinem Rücken und greife die Müllsäcke und öffne die Tür mit dem Ellenbogen und der Fußspitze

und rutsche fast aus, weil da Speiseöl aus dem Müll läuft, aber dann fange ich mich und stolpere ins Freie.
Ich erinnere mich, wie ich den Gartenweg runterlaufe. Unter meinen Socken knistern die Blätter wie Geschenkpapier.
Ich erinnere mich, wie ich den Deckel der Restmülltonne anhebe und wie ich dann neben dem Mülleimer einen Fußabdruck im Schlamm sehe und mich erschrecke. Und wie ich in die Garage eile und den Schlitten in den Kofferraum lege und die Müllsäcke hineinstopfe. Und natürlich kann man auch das erklären, man kann ja alles erklären. Und es scheint ja vernünftig, wenn jemand, der genau weiß, dass er den Müll beim Aufräumen nicht ordnungsgemäß getrennt hat, und der gerade den Fußabdruck des pedantischen Nachbarn entdeckte, entscheidet, die Müllsäcke lieber irgendwann demnächst direkt zur Deponie zu fahren. Aber in Wahrheit habe ich keine Ahnung, warum ich den Müll ins Auto stopfe, erinnere mich nur, wie dann ein Sack an der Schlittenkufe aufreißt und die Minuten-Terrinen sich von oben auf den Rücksitz erbrechen und wie ich die Tür schnell wieder zuschlage. Mit der Faust. Wie ich mit der Faust auf die Tür schlage.
Und dann erinnere ich mich, wie ich am Garagenschrank stehe und wühle und murmele *goldenes Band* und *wir sind verbunden*.
Und das Nächste, woran ich mich erinnere, ist, wie ich in der Küche stehe und den Knopf am Telefon drücke und wie es nicht mal mehr aufflackert. Und ob ich da schon denke, dass es ein Fehler war, das Telefon im Tiefkühlfach vor mir zu verstecken, oder ob mir das erst später

auffällt, weiß ich nicht mehr, nur abschließend lässt sich sagen, keine gute Idee.

Und dann erinnere ich mich, wie ich da stehe und mich umschaue und dass ich kaltnasse Socken in der Hand halte und wie die da hinkommen, weiß ich nicht. Genau, wie ich nicht weiß, warum die Kiste mit dem Geschenkpapier aus der Garage auf dem Küchentisch steht und daneben die Pakete für die Kinder.

Und ich könnte mir das jetzt alles ausdenken, es wäre ja das Leichteste der Welt, zu behaupten, dass ich die Geschenkpapierkiste mitnahm und auf dem Weg zurück über die Pakete für die Kinder stolperte, die der Postbote ja mutwillig dahingelegt haben muss, und wie ich dann dachte *egal wie es dir gerade geht, die Kinder verdienen ihre Geschenke*. Ich könnte behaupten, dass ich ganz ohne Motivation beschloss, die Geschenke für die Kinder einzupacken, auch wenn es gar nichts mehr nützt. Eine ganze Heldenreise könnte ich erdichten, wie in Filmen, in denen jemand mit blutverschmierter Hand und allerletzter Kraft noch den Weltrettungsknopf drückt, obwohl er genau weiß, dass er die gerettete Welt selbst nicht mehr wird erleben dürfen. *Sag Yannis und Lina, dass ich sie liebe*, könnte ich jetzt schreiben. So einen Helden könnte ich aus mir machen, einen, der auf verlorenem Posten und ohne einen Gedanken an sich selbst zu verlieren, aufopfernd nur noch an die Kinder denkt. Nur das wäre dann eben gelogen.

Weil ich eben gar nichts dachte und auch nichts fühlte, sondern lediglich tat, was ich tat, weil ich es tat. Weil das nur endlose Zeilen Code waren, die in meinem viel zu weiten Hirn aufblitzten und mich Dinge tun ließen, die man vielleicht einigermaßen sinnvoll interpretieren kann, die aber eben keinen tieferen Sinn ergaben. So wie ein Putzroboter, der immer und immer wieder gegen dasselbe Stuhlbein fährt, ohne damit die Vergeblichkeit allen Strebens symbolisieren zu wollen. Man kann einen Androiden das Seufzen lehren, nicht aber die Melancholie.

Und weil das, was ich tat, eben nur sinnvoll erschien, es aber wirklich nicht war, packte ich nicht etwa, daran erinnere ich mich noch genau, die Geschenke für die Kinder ein, sondern einen Dosenöffner. In rotes Rentierpapier wickelte ich ihn ein und dann band ich eine goldflüsternde Schleife. *Wir sind verbunden.* Als Nächstes packte ich eine Soßenkelle ein, was gar nicht so leicht ist, *Du bist gut, so wie du bist.* Dann ein abgelaufenes Blister Paracetamol, alle Schneidebretter packte ich ein, die Eieruhr *es ist nie zu spät*, die Kaffeemaschine und die Mühle, einen Schraubenzieher, und es ist wirklich nur ein Zufall, dass ich zwischen Filzgleitern und Hackebeil auch noch die Geschenke für die Kinder einpackte, die sogar besonders ordentlich mit einer großen goldenen Schleife *wir sind verbunden*, bevor ich dann mit dem Esstisch weitermachte. Und als ich das Geschenkpapier aufgebraucht hatte, wickelte ich die Stühle eben in Backpapier, und ich hätte ewig so weitergemacht, meine automatisierten Hände hätten die ganze Erde verpackt, eine große goldene Schleife einmal rund um den Äquator, alles hätte ich mit allem verbunden, die ganze Welt ein einziges Geschenk, wäre nicht, während ich mich mit dem Knie auf dem

Herd abstützte, um die Dunstabzugshaube fachmännisch zu umwickeln, der Tesafilm ausgegangen.
Also stand ich wieder an der Schublade und fand sogar recht schnell und ohne großes Wühlen eine frische Rolle. Und weil der Unterschrank ja als Nächstes verpackt werden musste, wollte ich die Schublade schließen, nur, sie ging nicht zu. Ich ruckelte ein bisschen, aber da war nichts zu machen. Ich griff in den Schubkasten. Ich spürte etwas. Ganz hinten. Hart und klein. Rillen. Etwas hatte sich verklemmt. Ich ruckelte noch einmal. Dann hielt ich es in den Händen. Dünnes Plastik, großer Hut, zarte Rippen.
Das Nächste, woran ich mich erinnere, ist, wie ich auf dem frisch verpackten Stuhl sitze und auf meine Hand schaue, und da liegt eine weiße Nieze aus Plastik. Und wie dann Tränen tropfen, wobei ich gar nicht weine, das ist wie Zellteilung, es passiert einfach so, eine Träne, dann zwei, dann vier, es nieselt auf die Nieze, als wäre jemand traurig.
Und wahrscheinlich sollte man sich gar nicht wundern, weil man ja wirklich weiß, dass immer etwas übrigbleibt, das weiß man ja, wenn man ein Bett aufbaut, schon bevor man anfängt, weiß man das. Nur dass die Nieze eben hier unten in meiner Hand liegt, und da oben steht ein Bett und wackelt nicht. Hier sitzt die Nieze am Küchentisch, und da oben feiern die Plodden mit den Philominen, die Wörle umarmen die winzigen Wüs, sie alle sind verbunden und keiner merkt, dass etwas fehlt.
Und es fehlt ja nichts, die Wahrheit ist, dass wirklich gar nichts fehlt. Und ich würde so gerne lügen. Ich halte die Nieze gegen das Licht, sie ist fast durchsichtig, genau wie ich. Ich will sagen *Du bist gut, so wie du bist*. Aber das

wäre gelogen, das wäre ja leider gelogen. Also sage ich *Du bist.* Mehr kann man da nicht sagen. *Du bist* sage ich und streichle mit meinem Zeigefinger über ihre zarten Rippen, dann schließe ich meine haarige Hand und denke, dass ich nie wieder loslassen will.

Und so sitzen wir. Und irgendwann beendet der Niesel die Teilung. Ich schaue hoch, alles funkelt wie frisch vergoldet. Zwischen tausend Schleifen sehe ich Johanna, wie sie ihre Hand hochhält und Beyoncé singt. Wie sie auf ihren Ringfinger deutet und *pragmatisch* sagt, wie sie in einer mongolischen Jurte ihren Kopf auf meine Schulter legt, wie sie in einem israelischen Sporthotel meine Hand küsst und mich sogar in einer Kirche durch furchtbar feuchte Halbmondaugen anlächelt. Und zum ersten Mal frage ich mich, ob es ihr vielleicht gar nicht um die Steuer ging, sondern um die Verbindung. Ob es das war, was sie mir sagen wollte, und ich konnte sie nur nicht verstehen, weil ich ihr ja wirklich nie richtig zuhöre. Und dann begreife ich endlich.

Alles, was Johanna will, ist ein goldenes Band, was uns verbindet.

Zärtlich lege ich die Nieze auf den Tisch. Ich knote das goldene Band um ihren Hals, der weiße Kopf wie ein Juwel. Mit der Schere kürze ich den Stiel, als schnitte ich Haare. Dann knote ich das Band um meinen Ringfinger.

So werde ich neu anfangen. Mit dem Ring aus goldenem Band und einem Juwel aus reinster Nieze werde ich zu ihr gehen. Ich werde sagen*: Johanna. Ich bin eine Nieze aus Plastik. Ich bin das Kläglichste, was es gibt auf der*

Welt. Wenn du mich nicht liebst, macht es keiner. Heirate mich.

Als ich den fünften Haken setze, kann ich Johanna fast schon hören. *Ich will,* flüstert sie, *ich will, ich will.* In diesem Moment bin ich mir sicher. Wir schaffen das. Wir sind verbunden. Wir werden nie wieder einsam sein.

6. VATER ANRUFEN

Und dann war es tatsächlich wie ein ganz neuer Tag. Ich streckte meine Arme in die Höhe und gähnte entschlossen. Dann setzte ich mich aufrecht hin. Brust raus. Bauch rein. Kopf hoch. Kurz war ich versucht, auch noch in die Hände zu klatschen, aber man muss ja nicht gleich übertreiben.

Außerdem hielt ich immer noch den Ring in der Hand. Und weil ich beide Hände brauchte, öffnete ich mein Jackett, streichelte der Nieze noch einmal über den weißen Hut und ließ den Ring in die linke Brusttasche gleiten. Da ruhte er, direkt auf meinem Herzen. Und natürlich ist das ein bisschen dick aufgetragen, aber wenn man mit 49 Jahren tatsächlich noch mit dem Heiraten anfängt, dann aber auch richtig, dann mit Antrag auf Knien und tapsigen Blumenmädchen, mit Champagnerpyramide und fünfstöckiger Sahnetorte, mit Herzrasen und Hochzeitsplaner, mit Schmetterlingen und bergeweise Tüll, unter zehn Metern Schleppe muss man da gar nicht erst anfangen.

Und dann war es ja auch so, dass sich der Ring gut anfühlte auf meiner Brust. Wie Kryptonit, nur andersrum. Wie diese Heilsteine, die manchmal nachts auf QVC verkauft werden, Rosenquarz für die innere Ruhe und dann dieser andere für was anderes, und das ist natürlich Quacksalberei, schlimmer als Astrologie oder ausgewogene Ernährung, aber so eine Nieze, die hilft wirklich. Vielleicht wird das mein Lebenswerk, dachte ich, Niezen im Homeshopping zu verkaufen, für Energie und Produktivität, für Neuanfänge und zur Vertreibung fauler Geister, und dann muss ich das nur noch aufschreiben und das wird dann ein Megabestseller mit so einem Wortspieltitel, sowas wie *Niezekatze*, wenn es auch um träge Haustiere gehen sollte, oder *Niezekönig*, aber in cool, das müsste mir noch einfallen, aber dann Untertitel *Mein Weg vom Vorstadtschluffi zum Homeshopping-Milliardär*. Aber vorher noch schnell die letzten Listenpunkte abhaken, damit Johanna sieht, dass ich es ernst meine. Und da war ich auch schon aufgesprungen, klatschte doch noch in die Hände und sagte *Vater anrufen*.

Mein Telefon verweigerte sich weiterhin, aber Johanna hatte immer auf das Festnetz bestanden *für Notfälle*, und als ich das Geschenkpapier um die Ladestation aufriss und zum ersten Mal seit ich weiß nicht wie vielen Jahren die gummierten Knöpfe eines Festnetztelefons unter meinem Daumen spürte, dachte ich, wie schön es ist, eine Frau zu heiraten, die an Notfälle denkt. *Eine Frau für Notfälle*, schrieb ich auf den Notizblock neben dem Telefon, um gewappnet zu sein, falls das Lebenswerk doch eher in die *Romance*-Richtung gehen sollte, auf die Idee war ich noch nie gekommen, aber jetzt, wo ich den Titel schon hatte, und wenn man sowieso demnächst heiratet, da bietet sich sowas ja an. Außerdem ist man im Grunde vertraglich dazu verpflichtet, wenn man schon ein Festnetztelefon benutzt, es auch zwischen Ohr und Schulter einzuklemmen, sich ein bisschen auf die Zunge zu beißen und etwas auf einen Notizzettel zu kritzeln. Und so kurz

vor der Hochzeit, da wollte ich mich nicht auch noch mit der Telekom anlegen.
Es klingelte genau drei Mal, weil es immer genau drei Mal klingelt, wenn man meinen Vater anruft. Und das, obwohl er sich nie von seinem Schnurtelefon trennen wollte, das sei schließlich noch gut, und von etwas, das noch gut ist, trennt man sich nicht. Keiner weiß, wie er das mit dem Klingeln macht, ob er irgendwann mal einen Radius um das Telefon abgesteckt hat, und sein ganzes Leben spielt nur im allerkleinsten Kreis, und wenn eine Katze über die Terrasse läuft, sich auf den Boden schmeißt, den Bauch in die Sonne reckt und wirklich dringend gekrault werden möchte, Alfred bleibt standhaft, wobei er schon immer eine Schwäche für Katzen hatte, aber seinen Posten verlassen und dann womöglich das Telefon vier Mal klingeln lassen, nein, das macht er nicht.
Also, mein Vater ging beim dritten Klingeln ans Telefon, und unser Gespräch dauerte genau neunzig Sekunden, weil meine Gespräche mit Alfred immer genau neunzig Sekunden dauern. Johanna schafft manchmal zwei, sogar drei Minuten, einmal, Weihnachten 99, hat sie es auf ganze zwölf Minuten gebracht, aber da war meine Mutter im Krankenhaus, und ich glaube, Johanna war da auch schon schwanger, nein, das kommt ja so gar nicht hin, aber auf jeden Fall gab es mal ein Weihnachten, an dem Johanna ziemlich lange mit meinem Vater telefonierte, und eigentlich will ich auch nur sagen, mein Vater redet nicht viel.
Was kein Vorwurf an meinen Vater ist. Ich habe wirklich nichts an meinem Vater auszusetzen. Also als Teenager

habe ich es eine Zeit lang versucht, muss man ja, und dann noch mal später, da dachte ich, das könnte mein Lebenswerk werden, bin sogar mit einem Tonband zu ihm gefahren, um ihn damit zu konfrontieren, wie komplett missraten ich bin, nur dann schwieg er so mitleidig, und dann fiel mir auch nicht ein, was meine Eltern eigentlich falsch gemacht hatten, und am Ende musste sogar Johannas Therapeutin zugeben, dass es an meinen Eltern wohl nicht liegt. Vielleicht kann ich deshalb nicht schreiben, weil mir das nötige Trauma fehlt. Aber eigentlich hat Alfred das schon ziemlich gut gemacht, und das sage ich nicht nur, weil man seinen Eltern ja wirklich gar nichts mehr vorwerfen kann, sobald man selber Kinder hat.
Johannas Theorie ist, dass Alfred sich immer so bemüht, weil er zeitlebens ausgleichen möchte, dass sein eigener Vater nicht zurückgekommen ist. Und da war er ja auch erst sieben, und Johanna sagt, er wollte dann Oma Gerda den Mann ersetzen und habe es nur deshalb ja tatsächlich als erster Messerschmitt an die Universität geschafft und die Familie ernährt, und später hat er dann auch meine Mutter, also ja bis ganz am Ende, jeden Tag von früh bis spät im Krankenhaus und das ist ja kein schöner Tod. Egal. Ich weiß sowieso nicht, ob ich an solche psychologischen Erklärungen glaube. Mein Vater ist wahrscheinlich einfach nur ein anständiger Mann, der nicht viel redet.
Und früher haben die Frauen das alles unter sich geregelt. Johanna hat dann meine Mutter angerufen, und die hat mich dann von Alfred grüßen lassen, genauso wie Johanna eben mit ihrer eigenen Mutter telefoniert, und ihre Mutter

mit den Frauen ihrer Brüder, die dann wiederum Grüße übermitteln. Genauso wie Johanna ja jetzt auch meistens direkt mit Makena redet, wenn ich wissen will, wie es Yannis geht. Das ist ein ganzes Kommunikationsnetzwerk, was die Frauen da aufgebaut haben, und wenn man so eine Aufgabe übernimmt, dann ist man ja auch verpflichtet. Also damals, als die Telekom noch Monopolist war, die hätten ja auch nicht von einem Tag auf den anderen sagen können: Jetzt überlegt euch mal, wie ihr miteinander reden wollt, wir machen Sabbatjahr.
Auf jeden Fall ging mein Vater beim dritten Klingeln ans Telefon und sagte *Messerschmitt.* Mehr nicht. Nie. Manchmal erwische ich mich dabei, wie ich selbst auch so ans Telefon gehe, und dann muss ich das Gespräch ganz schnell beenden und mich vor Spiegeln verstecken. Auf jeden Fall begrüßte ich ihn und er sagte *Mensch Junge, schön dass du anrufst.* Also entschuldigte ich mich, weil ich mich jedes Mal entschuldige, weil ich mich ja jedes Mal viel zu lange nicht gemeldet habe, und ich hatte ja auch wirklich viel zu tun, und dann fragte ich ihn, wie es ihm ginge, und er antwortete *Und selbst?* Und ich schwöre, das ist seit 49 Jahren die einzige Frage, die mir mein Vater jemals stellt. Und es ist völlig egal, was ich dann antworte, da kommt keine Folgefrage. Früher habe ich dann die tollsten Dinge erzählt, hab mich von Autos halbtot fahren lassen, wäre beinahe ertrunken, stand mit Frank Elstner am Pissoir und prügelte mich mit Kohl um den letzten Saumagen, sogar aus Intensivstationen habe ich meinen Vater schon angerufen, weil der Altkanzler auch im hohen Alter noch einen überraschend gekonnten linken Haken setzte, aber da kommt

nichts. Höchstens mal ein *Junge, du machst Sachen*. Und seit einigen Jahren antworte ich nur noch *Man lebt*.
Johanna sagt, dass man das ja auch verstehen könne, in der Generation, da war es für alle besser, keine Fragen zu stellen, und deshalb habe Alfred das eben nicht gelernt. Und natürlich würde ich mir wünschen, dass er mich was fragt, irgendetwas, aber man kann die alten Leute auch nicht mehr ändern.
Also übernehme ich das Fragenstellen, aber mir fällt schon lange nichts mehr ein. Was er denn heute so gemacht habe, obwohl ich lange schon weiß, dass die Antwort *Sudoku* heißt, oder *Fernsehen*, oder beides. Und dann, um die neunzig Sekunden voll zu bekommen, fragte ich, was es zum Abendessen gab, als gäbe es irgendwelche Zweifel, dass die Antwort mit *Bofrost* anfängt. Was er heute Abend noch so vorhabe, fragte ich, und er antwortete, *um die Uhrzeit an Silvester, da läuft ja immer nur dasselbe*. Und das war der einzige Teil dieser Unterhaltung, den wir nicht hundertmal genauso schon geführt hatten. Und dann grübelte ich kurz, ob man da nicht noch eine Anschlussfrage stellen könnte, aber dann wusste ich auch nicht weiter und dann war das Rauschen in der Leitung auch so laut und dann legten wir auf.
Stolz setzte ich meinen sechsten Haken.
Mehr als stolz, völlig überwältigt von der Kraft der Nieze. Keine fünf Minuten und schon der nächste Haken, das gab mir ja tatsächlich Hoffnung, denn ich war natürlich aufgeschreckt, als mein Vater die Uhrzeit erwähnte, und ich wusste ja, dass ich mich dem Problem mit der Zeit demnächst mal stellen müsste. Da war es gut zu wissen,

dass ich die nächsten Punkte in jeweils fünf Minuten würde abhaken können. Und deshalb wollte ich dann auch gleich zum nächsten Punkt gehen, nur da schüttelte es mich dann doch noch.

Das ist ja immer das Problem mit den alten Leuten, dass es einen dann so schüttelt. Das war schon als Kind so, wenn ich zu Oma Gerda musste, die da in ihrem Zimmer saß und kaum laufen konnte, mit ihren aufgequollenen Beinen und ihrem verschollenen Mann. Und wie ich mich dann hinter den Gardinen versteckte und Papa sich dann zu mir runterbeugte und dann, als wäre das alles nicht schlimm genug, mit den Beinen und dem Geruch und dem Ehemann, immer dasselbe Gedicht.

Die Alten ehre stets, du bleibst nicht ewig Kind.
Sie waren, wie du bist, und du wirst, was sie sind.

Und eigentlich ist es überhaupt kein Gedicht, sondern eine Horrorgeschichte, und es ist ja wirklich kein Wunder, dass ich mich an den Gardinen festkrallte und noch nächtelang nicht schlafen konnte.

Und weil es mich schüttelte und weil ich mich sowieso erstmal sortieren musste, bevor ich jetzt die letzten paar Listenpunkte noch schnell abhakte, um dann pünktlich um Mitternacht mit Kniefall und Feuerwerk als ganz neuer Mann um Johannas Hand anzuhalten, zündete ich mir erstmal eine Zigarette an. Und vielleicht war es die Kraft der Nieze, an die ich mittlerweile fast selber zu glauben begann, aber ich begriff in diesem Moment etwas, das mir, obwohl es wirklich offensichtlich ist, nie zuvor aufgefallen war.

Es wurde nämlich sofort besser. Und das kennt man ja,

dass es sofort besser wird, aber erst in dem Moment begriff ich, warum es besser wird.
Und das ist doch wirklich schockierend, dass ich dreißig Jahre lang tatsächlich an die Sache mit der Sucht geglaubt habe, eine Lüge der Nichtraucherlobby, und mir erst in diesem Moment klar wurde, dass es sich beim Rauchen eben nicht um eine körperliche Abhängigkeit handelt, sondern um eine spirituelle Praxis. Eine, die einen vergessen lässt, was einen gerade noch bedrückte, ohne dass man sich bemühen müsste, irgendetwas ziehen zu lassen, weil die Grundbedingung des Rauchens eben das Ziehen ist, also das Einatmen giftiger Substanzen, was bedeutet das Nicht-Hinschauen, eine, die man mehrmals stündlich übt, der man sich immer und immer wieder verpflichtet. Im Grunde ist Rauchen ein Brandopfer an den Gott des Nicht-Hinschauens, dachte ich, jede Zigarette eine kleine Unachtsamkeitsmeditation.
Wir nehmen die Packung in die Hand und achten nicht auf das Bild vom amputierten Bein, vom Mundhöhlentumor, von der teerschwarztoten Lunge. Wir atmen tief ein und fokussieren uns nicht auf unseren rasselnden Atem. Wir husten und denken keine bösartigen Gedanken. Wir klopfen die Asche in den Aschenbecher und lassen unsere Gedanken nicht ins Krematorium wandern, während wir den Weg dorthin Zug um Zug verkürzen.
Und nicht nur das Rauchen, schon der Zigarettenkauf ist ein Gelübde, das eigene Handeln nicht zu hinterfragen. Nicht hinzuschauen, während man eine Industrie finanziert, deren einziger Geschäftsplan es ist, einen langsam und qualvoll zu ermorden, während andere unsere Hand

halten und uns lieben, uns heimlich verfluchen und lange vermissen.
Wobei, nicht der einzige Geschäftsplan, sie wollen ja nicht nur uns, sondern auch unsere Kinder, und erst da merkte ich, dass ich es ja selbst war, der, *Erziehen heißt Vorleben*, alles tat, um die Kinder zu Rauchern zu machen. Und dann nahm ich noch einen Zug und tröstete mich, dass sie Yannis niemals bekommen würden, weil Plastikfilter und *Great Pacific Garbage Patch* und sowas. Und dann, und das kann wirklich nur an der Nieze liegen, wurde mir schlagartig klar, dass Lina doch ganz genau die Art Mensch war, die mit dem Rauchen anfängt, nur um der Welt zu beweisen, dass sie jederzeit aufhören kann, und dann dabeibleibt, um sich dem infantilisierenden gesundheits-faschistischen Obrigkeitsstaat zu widersetzen, ohne zu bemerken, dass sie in ihrem Trotz ganz genau das tut, wozu die Tabakindustrie sie mit einem Milliardenbudget seit frühester Kindheit manipulieren möchte. Und jedes Mal, aber das merkte ich eben erst jetzt, wenn man Zigaretten kauft, sagt man *ihr wollt mein Baby umbringen, shut up and take my money!*
Wenn man da wegschauen kann, dann kann man überall wegschauen. Das ist nicht das normale *da denk ich jetzt lieber nicht drüber nach*, Rauchen ist Zen-Meisterhafte Ignoranz. Und deswegen stehen Raucher auch immer zusammen, wie Mönche oder Freikirchler, eine eingeschworene Gemeinde, vielleicht die demütigste, denn es ist doch ein sehr eifersüchtiger Gott, der jeden Tag zwanzig oder dreißig, und in Wahrheit dann doch oft vierzig Devotionen verlangt.

Das dachte ich und war dann so unfassbar froh, das alles bald nicht mehr machen zu müssen, bald ein Leben zu führen, in welchem ich der Unachtsamkeit nicht mehr schachtelweise huldigen müsste, weil es nichts mehr gäbe, bei dem ich besser nicht hinschauen sollte. Und dann zündete ich noch eine an, man will ja auch wissen, was man ganz sicher nicht vermissen wird.

Und dann dachte ich doch wieder an meinen Vater, bei dem es jetzt schon zweimal bösartig gewesen war, der alt war, während ich im Grunde beinahe noch jung war, der seine Frau vermisste, während ich die meine nie wieder würde missen müssen, und dann dachte ich, dass doch alles sehr falsch ist. Das ist doch kein Leben, wenn man am Ende sterben muss.

Und dann dachte ich an jedes Mal, wenn Johanna sagt, ich solle ihn doch *einfach anrufen,* und an all ihre Nachrichten *Ruf bitte deinen Vater an.* Und ich kann wirklich nicht erklären, warum ich das dann nicht mache. Und dann sagt Johanna, *er macht es dir doch nicht schwer,* und damit hat sie natürlich recht. Mein Vater tut wirklich alles, um mir seinen Lebensabend angenehm zu gestalten. Es ist ja wirklich nur das Leben, was es uns schwer macht. Und da kann er ja nichts für, für das Leben kann ja niemand was, und dann verdanke ich ihm ja auch viel, also das Leben zum Beispiel, keine Ahnung, ob das jetzt doch ein Vorwurf ist.

Aber dann verdankte ich ihm auch noch mehr, dass Johanna mich, seitdem sie in Lissabon war, überhaupt angerufen hatte, obwohl sie *erstmal etwas Abstand* wollte, als wäre Lissabon nicht 2304 Kilometer weit weg, das verdanke ich meinem Vater.

Zwei Tage vor Weihnachten hatte sie mich das letzte Mal angerufen, weil sie normalerweise ja immer darauf besteht, dass wir spätestens am Fünfundzwanzigsten auch noch zu Alfred fahren, nur dieses Jahr, weil Lina mit ihren Internatsfreunden Ski fahren wollte und Yannis bei Makenas Eltern eingeladen war, obwohl er fliegen ja eigentlich ablehnt, aber Makenas Familie ist Weihnachten doch so wichtig, soviel zum Klima, und auf jeden Fall hatte Johanna da angerufen, nur um zu fragen, ob ich nicht vielleicht an Weihnachten zu meinem Vater fahren könnte.

Und das war natürlich völlig ausgeschlossen gewesen, dass ich am Vierundzwanzigsten allein bei Alfred sitze und *Bofrost* esse.

Aber ruf ihn wenigstens an, hatte Johanna gesagt, und ich sagte, dass ich wirklich nicht wisse, was das bringen solle, immer das gleiche Gespräch, das hält doch niemand aus. Und dann sagte Johanna, dass ich es doch *einfach machen* solle, und mich regt das sowieso auf, wie sie die Worte *einfach* und *machen* immer so kombiniert, aber ich wollte ja auch nicht so stur sein, also machte ich einen ganz pragmatischen Vorschlag: *Komm doch einfach zurück.*

Und Johanna sagte *Lars, fang bitte nicht wieder damit an.*

Aber wieso denn nicht? Das wäre doch das Allerbeste, dann könnten wir gemeinsam zu Alfred fahren.

Und Johanna sagte *Lars, bitte nicht.*

Und dann fand ich das aber ziemlich genial, weil dann wäre Alfred nicht so allein an Weihnachten, und Johanna sagte, das ginge nicht, weil ihre Eltern ja jetzt auch schon in Lissabon seien. Und ich sagte, dass Alfred und ich dann eben auch nach Lissabon kämen, und Johanna sagte, es gäbe ja auch gar keine Flüge mehr.

Dann fahren wir eben mit dem Auto, sagte ich. *Roadtrip. Das wird total gut.* Und Johanna sagte *Lars, bitte nicht*, und ich sagte *Mein Vater und ich mit dem Auto quer durch Frankreich und am Anfang brettern wir nur so über die Autobahn mit offenen Fenstern und scheppernden Boxen, nur dann kurz vor der spanischen Grenze Motorschaden auf der französischen Landstraße. Also trampen wir dann, mein Vater und ich, auf der Ladefläche eines rostigen Pick-ups, und dann kommen wir aber an einen Fluss, also schleichen wir uns an Bord eines Frachtschiffes, und dann erwischt uns der Kapitän, das ist so ein richtig jähzorniger Typ, mit Cidre-Plauze und schmuddeligem Feinrippunterhemd, also verstecken wir uns zwischen den Tauen und der Kapitän sucht uns mit seinen Männern und einer Handfeuerwaffe und dann springen wir an der nächsten Schleuse von Bord, ich schaffe es einfach so, aber mein Vater rutscht ab, er ist ja auch schon alt. Ich bekomme seine Hand gerade noch zu fassen, da streift eine Revolverkugel meinen Oberarm, ich schreie kurz auf, aber ich lasse nicht los und wuchte meinen Vater zu mir auf den Pier. Mittlerweile ist auch der Kapitän an Land, er rennt auf uns zu, wedelt mit seiner Pistole, ist natürlich schneller als wir, ich stütze meinen Vater mit meinem blutenden Arm, der Kapitän hat uns fast eingeholt, da sieht uns eine französische Kellnerin, die selbst gerade vor ihrem Freund flüchtet. Sie reißt die Tür ihres Peugeot 205 auf, wir springen rein und fahren davon. Die Französin ist natürlich wahnsinnig schön, mit nussbraunen Haaren und so einer unfassbar niedlichen Zahnlücke, aber ich denke nur an dich. Und natürlich verliebt sich mein Vater sofort, das wird seine letzte große Liebe. Abends brechen wir dann in ein Matratzenlager ein. Wir liegen zu dritt auf der Kingsize-Matratze und schauen in den Sternenhimmel. Und weil mein Vater die Französin liebt, will er ihr alles erzählen, und weil er kein Französisch spricht, muss ich alles übersetzen, und weil ich in Wahrheit auch kein Französisch spreche, schläft die Französin irgendwann ein. Und dann erzählt mein Vater, wie ihm die Pennäler das erste eigene Fahrrad klauten und ihn dann auch noch so hämisch auslachten, und ich sage la vache qui rit, und dann erzählt er von der ersten großen Liebe, und ich übersetze créateur d'automobiles, und dann erzählt er, wie seine Frau nach über fünfzig Jahren von ihm ging, und ich sage liberté toujours, aber dann kommt mir das so unzureichend vor und ich will noch was sagen, weiß aber dann wirklich nicht, was, also seufze ich ein fromage hinterher und mein Vater nickt zufrieden. So lerne ich meinen Vater nach 49 Jahren endlich kennen. Am nächsten Morgen fahren wir weiter. Als es dunkelt, kommen wir in Lissabon an, es fängt an zu schneien, ich steige aus dem Auto, du springst mir in die Arme, da erst bemerkst du das Blut. In der Küche verarztest du meine Wunde, du schüttest Wodka auf das blutende Fleisch und ich verziehe keine Miene. Du fragst, ob das nicht schrecklich wehtue, und ich antworte: jetzt nicht mehr. Ich ziehe dich auf meinen Schoß, du schließt deine Augen, sinkst in meine Arme, deine Lider zittern im Kerzenschein. Mit der Hand greifst du in meine Haare, ziehst meine Lippen an die deinen. Wir küssen uns,*

als wäre es das erste Mal. Und dann wird alles gut, sagte ich.
Und Johanna sagte, *Lars, hör bitte auf mit dem Quatsch.*
Und ich sagte, *aber du liebst meinen Quatsch.*
Und Johanna sagte: *Nein.*
Und ich, *doch Johanna, du liebst meinen Quatsch. Genau wegen solchem Quatsch hast du dich damals in mich verliebt.*
Und Johanna sagte: *damals.*
Und ich fragte, was das denn jetzt schon wieder heißen solle, dass sie sich damals in mich verliebt habe, weil ich so bin, wie ich bin, und mich genau deswegen, weil ich so bin, jetzt loswerden wolle, das sei doch überhaupt nicht fair. Das hätte sie sich mal früher überlegen müssen, dann hätte ich gleich eine Frau gesucht, die mich so liebt, wie ich bin, und nicht nur versuchsweise, weil sie denkt, dass ich noch ganz anders werde, und dann wäre ich jetzt nicht allein.
Und Johanna sagte, ich solle es ihr doch nicht so schwer machen, und ich sagte, wenn einen die Liebe des Lebens verlässt, dann muss man ihr das doch wenigstens schwer machen, wenn man ihr das dann auch noch leicht macht, das bereut man doch für den Rest des lieblosen Lebens.
Und Johanna sagte, ich solle ihr doch bitte kein schlechtes Gewissen machen. Und ich fragte, wie sie sich das denn vorstelle, sie wolle mich nach fünfundzwanzig Jahren einfach verlassen, aber ein schlechtes Gewissen wolle sie dabei nicht haben, das sei doch total unrealistisch.
Und sie sagte, dass sie natürlich ein schlechtes Gewissen habe, ein brutal schlechtes Gewissen sogar, und dass es

ihr ja auch leidtue, nur dass sie sich jetzt erstmal *auf sich* konzentrieren müsse.

Und dann wurde ich aber schon irgendwie sauer, weil sie das ja in letzter Zeit immer so sagte, sie müsse sich auf sich konzentrieren und *andere haben auch ein Lebenswerk,* als würde ich ihr irgendwas verbieten, und das ist ja einfach völliger Unsinn.

Also sagte ich *aber ich hindere dich doch gar nicht,* und sie sagte, dass sie erst in Lissabon verstanden habe, was ihre Therapeutin ihr schon seit Jahren erkläre, dass es in Wahrheit tatsächlich gar nicht ich sei, der sie von irgendwas abhalte. Und dann wollte ich sagen, das sei ja hervorragend, dass sie das jetzt auch endlich verstehe und sie dann auch endlich zurückkommen könne, nur da sagte Johanna schon, dass sie es selbst sei, die sich vom Leben abhalte, dass sie mich im Grunde benutze und sich immer einrede, sie müsse sich um mich kümmern, nur um sich nicht um sich selbst kümmern zu müssen. Und dass sie sich vielleicht einfach nie getraut hätte, dass sie es eigentlich selber war, die im Grunde Angst vor ihren großen Träumen gehabt hätte, und dass es vielleicht auch ganz praktisch gewesen sei, sich immer einzureden, ich sei der Grund gewesen, warum sie damals Lehrerin geworden ist, ausgerechnet Lehrerin, wo sie doch eigentlich mal so viel vorhatte. Und dass es ja auch nicht fair sei, also mir gegenüber, mich so zum Alibischauplatz zu machen, nur um sich nicht mit sich selbst auseinandersetzen zu müssen, dass sie mich ja dadurch vielleicht sogar davon abgehalten habe, mich um mich selbst zu kümmern, vielleicht hätte ich mein Buch längst geschrieben, wenn sie nicht immer da gewesen wäre und mir alles abgenommen hätte, und ich fragte, was das jetzt schon wieder für ein Therapiemist sei, und, dass sie mich schon selber entscheiden lassen müsse, wer sich um mich kümmern dürfe, und wenn ich tatsächlich deswegen nichts auf die Reihe kriegen sollte, dann wäre es mir das wert. Sollten andere doch das beste Buch der Welt schreiben, ich wolle für den Rest meines Lebens einfach nur noch mit ihr glücklich werden. Und jetzt solle sie endlich zurückkommen und dann wird alles wie früher.

Und sie sagte *Früher war ich nicht glücklich.*

Und ich sagte *Und jetzt bist du glücklich?*

Und sie sagte *Noch nicht.*

Und dann sagte sie, ich solle jetzt bitte nicht wieder mit dem Weinen anfangen, und ich sagte, *du weinst doch selber,* und sie sagte, *aber nur, weil ich traurig bin.*

Und dann sagte ich, dass sie nach Hause kommen solle, dann trösten wir uns gegenseitig. Und sie sagte, dass dann alles wie früher werde und das könne sie nicht mehr. Und da wusste ich aber eine Lösung, also schlug ich vor, dass wir uns ja ändern könnten.

Ich kann mich ändern, Johanna.

Und sie sagte *Für ein paar Stunden, Lars, du änderst dich immer nur für ein paar Stunden. Das haben wir doch jetzt tausendmal probiert. Und dann klappt irgendwas nicht, oder du bist müde, oder es regnet, und dann wird doch alles wieder wie immer. Aber das reicht mir nicht, Lars. Es reicht nicht, sich für ein paar Stunden zusammenzureißen. Wenn man etwas ändern möchte, dann muss man das länger durchhalten, für immer, und das schaffen wir doch beide nicht.*

Und ich sagte, *doch, ich kann mich ändern. Für dich ändere ich mich.*
Und sie sagte, dass ich doch wisse, dass ich das nicht mal entscheiden könne. Ich könne mir das vornehmen, aber ob ich das schaffe oder nicht, dass läge doch gar nicht in meiner Hand. Das läge doch an der Genetik und meiner Erziehung, an der Hirnstruktur, an Hormonen und Umwelteinflüssen, und in unserem Alter, da sei es schon sehr vermessen, zu denken, man könne sich noch ändern.
Und ich sagte *doch, Johanna, ich kann das.*
Und sie sagte, dass ich es doch selber sei, der immer behaupte, dass sie mir nichts vorwerfen dürfe, weil ich mich ja nicht entschieden hätte, so zu sein, weil ich ja liebend gerne anders wäre, nur ich bin halt so. Dass ich doch immer sage, dass Menschen auch nur Maschinen aus Fleisch und Blut seien, die ihr Leben lang programmiert wurden von Eltern und Lehrern, von Dozenten und Kultur und sich genauso frei entscheiden könnten wie ein Staubsaugroboter, nämlich gar nicht. Ich sei es doch, der immer sage, dass der einzige Unterschied zwischen einer künstlichen Intelligenz und einem Menschen der Qualia-Eindruck wäre, und wenn ich das doch selber wüsste, da dürfte ich ihr doch nicht versprechen, mich zu ändern, das läge schließlich nicht in meiner Hand.
Das habe ich nie gesagt, sagte ich.
Und Johanna sagte, *doch Lars, genau das sagst du.*
Und ich sagte, dass ich überhaupt nie von Qualia-Eindrücken sprechen würde, das wäre ihr Wort, ich wüsste nicht mal mehr genau, was das eigentlich sei.
Und sie sagte, *meinetwegen, dann nicht Qualia-Eindrücke.*

Du sagst, Menschen sind Fleischmaschinen mit Gefühlen. Du sagst, wir sind Kohlenstoffverbindungen mit frühkindlicher Programmierung, die sich einreden, sie hätten ihren Code im Griff, nur weil sie sich fühlen. Und jetzt behauptest du, du könntest dich ändern, das ist doch wirklich Quatsch, Lars. Das weißt du doch selbst.

Nichts weiß ich selbst, sagte ich. *Und was soll das überhaupt heißen? Dass ich bin, wie ich bin, und das nicht ändern kann und du bist, wie du bist, und das nicht ändern kannst, und jetzt sitzen wir 2304 Kilometer voneinander entfernt und heulen ins Telefon. Das ist doch Scheiße, Johanna, das ist doch einfach Scheiße.*

Und dann sagte sie nichts, aber zwischen dem Schweigen konnte ich sie heimlich weinen hören. Und ich sagte, *das kann's doch wirklich nicht gewesen sein.* Und sie sagte, *Lars, ruf bitte einfach deinen Vater an und vergiss die Einkäufe nicht*, und ich sagte *warte noch.*

Was denn noch, Lars, ich kann wirklich nicht mehr.

Und ich sagte, *liebst du mich noch?*

Und sie sagte, *darum geht es doch gar nicht.*

Und ich sagte, *also, liebst du mich noch.*

Und sie sagte, *aus den falschen Gründen.*

Und ich sagte, *aber das heißt ja, du liebst mich noch.*

Lars, bitte. Lass uns mal auflegen.

Und ich, *warte noch.*

Was denn noch?

Müssen wir noch was klären wegen Silvester?

Ich glaube nicht.

Wegen der Geschenke?

Nein.

Sonst noch was?
Mach's gut, Lars.
Warte noch.
Was denn?
Kannst du trotzdem noch dranbleiben?
Lars, bitte, was soll das denn jetzt?
Johanna, bleib bitte noch dran, ja? Einfach so. Kannst du einfach so noch dranbleiben? Wir müssen auch gar nichts mehr sagen. Bleib einfach dran, ja?
Und dann sagte sie nichts mehr. Und erst dachte ich, dass sie jetzt auflegen würde, aber dann hörte ich, wie sie ein Taschentuch aus der Schachtel zog. Ich hörte, wie das Papier an ihren Kopfhörern raschelte, als trocknete sie ihre Augen. Später hörte ich den Wasserkocher rauschen. Ich hörte das Klimpern des Löffels und wie sie beim Hinsetzen seufzte. Und dass es zweieinhalb Löffel Zucker waren, dass hörte ich nicht, aber ich weiß es. Je größer der Kummer, desto voller die Löffel. Und wenn mich nicht alles täuschte, klangen so Suppenlöffel. Irgendwann hörte ich, wie sie ihre Zähne putzte, und ich glaube, da hörte ich sie noch mal weinen, aber ganz sicher bin ich mir nicht. Ich hörte, wie sie ihren Schlafanzug anzog. Wie sie sich ins Bett legte und ein Buch aufschlug. Und eigentlich wollte ich unbedingt wissen, was das für ein Buch war, dass sie da las, das war ja immer das Schönste, wenn sie mir am Abend von ihrem Lesen erzählte, wenn sie plötzlich anfing zu kichern oder mir eine Passage vorlas und wir dann für einen Moment in den Gedanken eines anderen ganz nah beieinander waren und alles irgendwie verbunden, aber dann traute ich mich nicht zu fragen.

Also hörte ich ihr beim Blättern zu. Ich saß ganz still auf meinem Stuhl und hörte Johanna beim Blättern zu. Und irgendwann gingen ihre Kopfhörer aus. Kurz hatte ich Angst, dass sie jetzt auflegen würde, aber dann machte sie den Lautsprecher an und blätterte weiter. Dann hörte ich den Lichtschalter. Ich hörte, wie sie das Kissen nochmal ausschüttelte, wie sie das Kissen jeden Abend nochmal ausschüttelt. Ich hörte die Bettdecke rascheln. Wie sie sich im Bett hin- und herdrehte. Dann wurde ihr Atem lauter und gleichmäßiger, und dann wusste ich, dass sie schläft. Und dann stach es so in der Brust, und ich dachte, wie unerträglich schön es ist, Johanna beim Schlafen zuzuhören.

Ich ging ins Wohnzimmer und legte mich aufs Sofa. Das Telefon bettete ich auf das Kissen, ganz dicht neben mein Ohr, vielleicht war es wirklich das letzte Mal, da durfte ich nichts verpassen. Ich nahm Johannas Schlaf in mir auf, bis ich randvoll war, *hör gut hin*, dachte ich, *merk dir Johannas Atem*, der muss vielleicht noch dreißig Jahre reichen. Und obwohl ich mich so konzentrierte, wirklich nichts zu verpassen, war ich dann doch eine Sekunde unaufmerksam, und da schlief ich ein.

Am nächsten Morgen weckte mich eine Textnachricht.

Es war schön, noch mal mit dir über Qualia-Eindrücke zu diskutieren, auch wenn es nichts ändert. J.

Und dann dachte ich, dass wir doch wirklich mal sehen wollten, ob das nichts änderte. Es wäre doch kaum auszuhalten, wenn man trotz aller Liebe und trotz aller Traurigkeit wirklich nichts ändern könnte. Und seitdem ändere ich mich.

Und natürlich hatte nicht alles auf Anhieb ganz genau so geklappt, wie ich mir das vorgestellt hatte. Natürlich ist alles Ändern schwer. Aber dann hatte ich ja doch einiges geschafft, das würde auch Johanna sehen müssen. Ich legte die Liste noch mal vor mich hin und strich über meine Haken. *6. Vater anrufen*, das stand da, und ich hatte es abgehakt, das würde ich ihr zeigen, und Johanna weiß ja, dass ich sowas immer so schlimm vor mir herschiebe. Sie würde sehen, dass ich ganz alleine und ohne ihre Aufforderung meinen Vater angerufen hatte, und dann wüsste sie, dass ich mich wirklich geändert habe, und dann käme sie zu mir zurück, und dann wird geheiratet und sich nie mehr getrennt.
Das dachte ich, und dann schüttelte es mich doch wieder, weil mir auf einmal so quälend klar wurde, dass es wirklich gar nichts mehr gab, was mein Vater noch ändern konnte, um meine Mutter davon zu überzeugen, zu ihm zurückzukommen. Und dann dachte ich, wenn es schon so schwer ist, sich zu ändern, wie schwer ist es dann erst, wenn nicht mal sich ändern noch etwas nützt. Wenn man genau weiß, dass es ganz egal ist, was man sich alles noch einfallen lässt, dass man jetzt wirklich allein bleibt bis ganz zum Ende. Das hält man doch nicht aus.
Und dann griff ich sofort zu meinen Zigaretten, aber die Nieze pochte auf meiner Brust, und dann ließ ich vor Schreck die Zigaretten wieder fallen und nahm tatsächlich, ich kann es selbst kaum glauben, das Festnetztelefon in die Hand. Es klingelte drei Mal.
Messerschmitt.
Ich bin's noch mal.

Mensch, Junge, ist ja schön, dass du anrufst.
Erst wollte ich sagen, dass er bestimmt heute Abend sehr einsam sei, und dann dachte ich aber, dass sowas ja niemand gerne von sich hört, also riss ich mich zusammen und sagte *ich muss hier noch ein paar Sachen auspacken* und weil es wirklich keine würdevolle Art gibt, das zu fragen, sagte ich *könntest du vielleicht am Telefon bleiben?*
Mein Vater schwieg, also bot ich an, dass er dabei ja Sudoku spielen könne oder fernsehen, ich hätte nur gerne ein bisschen Gesellschaft, wir müssten auch gar nicht reden. *Du machst Sachen,* sagte mein Vater. Dann hörte ich, wie er in den Puschen zum Tisch schlurfte. Ich hörte, wie er sich in den Telefonsessel ächzte. Als ich das Sudokuheft rascheln hörte, nahm ich den geschenkverpackten Dosenöffner in die Hand, löste den Knoten im goldenen Band, ganz vorsichtig, vielleicht könnte man das alles irgendwann wiederverwenden. Die Soßenkelle und die Filzgleiter, das Paracetamol-Blister und die Kaffeemaschine, sogar meinen Stuhl, obwohl der beim Hinsetzen so schön knisterte, alles packte ich wieder aus, während mein Vater über das Papier kratzte. Als ich gerade fertig war mit Auspacken, hörte ich, dass mein Vater zu schnarchen begonnen hatte. Ich nahm den Hörer in die Hand und flüsterte *Gute Nacht, Papa,* und so hatte ich meinen Vater seit über dreißig Jahren nicht genannt, und jetzt weiß ich nicht, ob ich das meinem Vater zuliebe sagte, oder damit Yannis sich in dreißig Jahren genauso von mir verabschieden würde, aber das ist vielleicht auch gar nicht so wichtig.

Dann legte ich auf. Unser Gespräch hatte achtundzwanzig Minuten und zweiunddreißig Sekunden gedauert. Vielleicht war es nur mein Qualia-Eindruck, aber ich hatte das Gefühl, dass sich tatsächlich etwas veränderte.

7. NUDELSALAT

Ich bin ein herausragender Koch.
Hätte ich ein Restaurant, Gordon Ramsay würde sich von mir anschreien lassen. Heston Blumenthal wäre meine Schnippelhilfe. Eckart Witzigmann wäre mein Azubi. Paul Bocuse würde wiederauferstehen, damit ich ihm die Grundsoßen nochmal von Grund auf erkläre. Wenn ich träume, dann von Sushi, wenn ich atme, dann fermentiert, wenn ich einen Kuchen fallen lasse, ist es Lemon-Pie, was ein enorm geistreicher Witz über Massimo Botturas *Signature Dessert* ist, den wohl die wenigsten Menschen verstehen werden, weil die wenigsten Menschen so herausragende Köche sind wie ich.
Und natürlich gibt es die ewigen Nörgler, nennen wir sie Lina, die behaupten, um ein herausragender Koch zu sein, müsse man auch ab und zu ein Essen zubereiten. Aber das ist natürlich Unsinn. Bei Albert Einstein würde doch auch niemand behaupten, er wäre kein herausragender Physiker gewesen, weil er sich ja *nur* mit theoretischer Physik auskannte. Man muss die Teilchen nicht persönlich aneinanderklatschen, um ein Weltphysiker zu werden, und ich bin sozusagen der Einstein der Sternegastronomie und das lass ich mir von einer Hobbyköchin sicherlich nicht nehmen.
Das ist Quatsch, Lars. Ja, stimmt, das ist Quatsch. Ich glaub, ich habe mich verrannt, ich fang nochmal an.

Also: Ich stand in der Küche, mit meiner Nieze und meiner Liste, und spürte so eine flitternde Vorfreude, also nicht nur auf Johanna und das Lob, das sowieso, sondern tatsächlich auf die nächste Aufgabe. Nach der Bürokratie und dem Hausputz, der Steuer und dem ganzen Sichändern stand mir nun endlich etwas bevor, für das ich, wenn vielleicht nicht geboren, dann doch wenigstens bestens ausgebildet war. Ich hatte schließlich nicht über dreißig Jahre lang ferngeschaut, um dann an einem Nudelsalat zu scheitern. Man kann über die Gegenwart sagen, was man will, aber Kulinarik kann sie.

Und gleichzeitig, während ich dachte, dass ich mich mit Kochen nun wirklich auskannte, dass ich wusste, wo der Ottolenghi seinen Za'atar hat und welche Kerntemperatur ein Wachtelei erreichen muss, damit es beim Sousvide-Garen zum perfekten Onsenei stockt, es sind genau 64,5 Grad, wusste ich eben auch, wie Kochen normalerweise endet. Mit klebrigem Reis in Kloschüsseln, mit rußbraunen Hühnerhautchips, mit Molekular-Matsch und praktisch nie mit den Worten *Geschmacksexplosion* und erst recht nicht mit *Gaumensex*. Und das ist es ja, was man eigentlich will, also es geht ja beim Kochen nicht ums Sattwerden, es geht um Begeisterung, um Hingabe, um Perfektion, um Leidenschaft, ja, um Passion.

Und dann dauert es bis halb drei, und Johanna hat längst ein Brot gegessen, und dann liegt es an den Messern, also lässt man sich zu Weihnachten japanischen Damaszenerstahl schenken, und dann liegt es an den Zutaten, also wünscht man sich marokkanische Salzzitronen und isländische Dorschleber, und dann liegt es an was anderem und dann lässt man das mit dem Kochen lieber bleiben. Und während ich also wirklich allergrößte Lust aufs Kochen hatte, hatte ich gleichzeitig eben auch ein Langzeitgedächtnis. Vielleicht ist das Schlimmste am Älterwerden, dass man immer schon weiß, wie es endet.

Man ist ja kein Teenager mehr, man ist ja schon tausendmal gescheitert, und damit kann man umgehen, solange man nicht hinschaut, dann ist es nur Johanna, die immer sagt, *soll ich vielleicht besser kochen*, wobei sie wirklich keine gute Köchin ist, und Lina, die sagt *ich hol dann mal Pizza,* während man selbst Zutaten auf Spezialseiten bestellt und vom eigenen Pacojet träumt.

Das dachte ich, und während ich das dachte, fiel mir auf einmal etwas auf: Als Johanna mich bat, den Nudelsalat zu machen, da wusste sie längst, dass ich zwar ein herausragender Koch bin, am eigentlichen Kochen aber seit Jahren zuverlässig scheitere. Trotzdem hatte sie mich gebeten, den Nudelsalat zu machen.

Und das ergibt ja überhaupt keinen Sinn, außer, außer, dachte ich und merkte, wie es auf einmal in allen Neuronen blitzte, außer, der Nudelsalat war in Wirklichkeit gar kein Nudelsalat. Der Nudelsalat war ein Test. Es war jetzt eine Woche her, dass wir das letzte Mal telefoniert hatten, dass ich Johanna versprochen hatte, mich zu ändern, und sie mir das nicht glauben konnte, obwohl sie es wollte, obwohl sie es ja wirklich wollte. Und vielleicht, also sehr wahrscheinlich sogar, hatte sie in dieser Woche genauso viel nachgedacht wie ich. Wahrscheinlich hatte auch sie einen Weg gesucht, wie am Ende noch alles gut werden würde. Wahrscheinlich hatte sie mir heute Morgen die

Hand ausgestreckt. Und ich weiß schon, wie das klingt, aber es war ja wirklich das Einzige, was Sinn ergab. Wahrscheinlich, also ganz sicher sogar, war der Nudelsalat das letzte Zeichen, das Johanna brauchte, um sich unser glückliches Ende endlich erlauben zu dürfen.

Wenn ich mich geändert hatte, und ich musste mich ja geändert haben, dann konnte ich einen Nudelsalat machen, ohne dass es die halbe Nacht dauert, ohne am Ende doch wieder alles wegzuschmeißen, wenn es sein musste, sogar ohne Geschmacksexplosion und mit züchtigem Gaumen. Einfach nur Nudelsalat.

Ich fischte die Eieruhr aus der Kramschublade. Sechzig Minuten, länger nicht. In sechzig Minuten sollte sogar ein herausragender Koch einen Nudelsalat hinbekommen. Dann fasste ich auf den Kühlschrank, Johanna hatte ja geschrieben, das Rezept läge da. Nur da lag es natürlich nicht. Erst dachte ich, dass ich es vielleicht versehentlich beim Aufräumen weggeschmissen hatte, und wollte schon zum Auto rennen, um den Müll zu durchwühlen, dann aber wurde mir klar: alles Teil des Tests. *Cool bleiben.*

Improvisieren war natürlich keine Option, nicht beim Familienrezept, das Johanna von ihrer Mutter gelernt hatte, die es wiederum von ihrer Mutter gelernt hatte und so weiter und so weiter, wahrscheinlich ging es bis auf Eva zurück, kurz bevor diese sich kulinarisch Richtung Kernobstgewächse ausrichtete. Da musste es doch eine Lösung geben, Johanna hätte mir die Aufgabe ja nicht gestellt, wenn ich sie nicht lösen konnte. Natürlich, das Tiefkühlfach.

Da, zwischen dem Gorgonzola-Rahmspinat und dem

Buttergemüse, hatte sie eine blau-bedeckelte Tupperdose mit einem Papieraufkleber versteckt. *Mamas Nudelsalat* stand da, und dahinter ein Datum, das war aber schon ganz aufgeweicht, und vielleicht war das jetzt nicht der frischeste Nudelsalat, also Johanna hatte ihn wahrscheinlich in irgendeinem Sommer nach dem Grillen eingefroren, aber für unsere Zwecke würde es reichen.

Ich taute die Tupperdose in der Mikrowelle an. Dann nahm ich ein weißes Papier und einen Bleistift aus der Schublade, stellte die Dose auf den Küchentisch, setzte mich auf meinen Stuhl und atmete noch einmal tief ein. *Show Time.*

Mit einem Klack öffnete ich die Aromaverschlüsse der Dose. Dann hielt ich meine Nase direkt an den Spalt, erstmal nur riechen, bevor man sich von der Optik verwirren lässt. *Essig*, schrieb ich auf meinen Zettel. Eine ganz leichte Zwiebelnote. Ich atmete noch mal ein, es roch würzig, fleischig. *Speck? Schinken?* Dann war da noch so ein Fehlton, aber das konnte auch Gefrierbrand sein, den würde ich eher nicht nachkochen. Schließlich hob ich den Deckel ab. Mit der Gabel fischte ich eine kleine, gebogene Nudel auf das weiße Blatt Papier. *Gabelnudel* nennt Johanna die, aber das sagt ja nicht viel. Dass es sich tatsächlich um eine *Gobetti* handelte, erkannte ich nur, weil ich den Barilla-Karton beim Putzen schon im Oberschrank gesehen hatte. Daneben legte ich eine Erbse. Dann fand ich noch Wurstwürfel, Mortadella oder so. Sicherheitshalber nahm ich einen orangeroten Würfel in den Mund, zerrieb ihn mit der Zunge an meinem Gaumen und schrieb dann doch *Schinkenspicker* auf meinen Zettel. Ein paar winzige transluzente Fetzen enttarnte ich als leicht ansautierte Zwiebel. Zuletzt wischte ich mit dem Finger durch das Dressing, es glänzte milchig weiß, fühlte sich reichhaltig an. *Mayonnaise,* schrieb ich auf. Ansonsten fand ich noch ein paar schwarze Punkte. *Pfeffer.* Und das war's auch schon. Brillante Analyse.

Nach wenigen Sekunden stand mein Plan: Als Erstes Wasser aufsetzen, dann schnell die Wurst würfeln, die Erbsen im leicht gesalzenen Wasser eine Minute lang blanchieren und in Eiswasser abschrecken, damit sie schön grün bleiben, im gleichen Wasser die Nudeln acht Minuten lang weich garen, dann die Zwiebeln anschwitzen, das Dressing aus Mayonnaise, Essig und ein wenig neutralem Öl anrühren, mit Salz und Pfeffer kräftig abschmecken, Erbsen und Schinken unterrühren, Nudeln dazu, fertig.

Plangemäß stellte ich den großen Topf auf den Herd und öffnete den Kühlschrank. Die veganen Schinkenspicker fand ich nicht auf Anhieb. Genau genommen fand ich sie gar nicht. Ich riss das Tiefkühlfach auf, wusste da aber schon, dass ich auch keine Tiefkühlerbsen finden würde, dass ich im Grunde alle Zutaten, von denen ich Johanna mehrfach versichert hatte, sie schon vor Tagen gekauft zu haben, nicht finden würde, weil sie im Grunde alle noch im Supermarkt waren.

Und das ist ja wirklich eine Unverschämtheit. Da ändert man sich, also man ändert sich wirklich, und die abgelegten Ichs ändern sich nicht mit, bleiben genau so, wie man immer war und wirklich nicht mehr sein kann. Und vielleicht ist das Problem mit dem Altern nicht etwa, dass die Neuroplastizität abnimmt oder das Hirn verkrustet, sondern dass jeder vergangene Tag ein Ich gebiert, was dann gegen einen arbeitet, wenn man längst nicht mehr so ist, wie die anderen mal waren. Ich blickte in meine Küche und sah sie vor mir, alle meine vergangenen Ichs, wie sie ihre Arme nach mir ausstreckten, wie sie mir Fallen in die Gegenwart stellten, wie sie auf mich lauerten, in dem sicheren Wissen, mir schon immer einen Schritt voraus gewesen zu sein.

Und dann war ich beruhigt, denn an einem Nudelsalat scheitert man schnell, aber welcher Held, der von der Liebe seines Lebens auf eine unmögliche Mission geschickt wird und dabei gegen eine schier unüberwindbare Armee der Untoten ankämpfen muss, triumphiert denn am Ende nicht, eben. Das sind doch genau die Situationen, in denen Durchschnittstypen auf einmal über sich hinauswachsen.

Mein neuer Plan sah so aus: erstmal eine Bestandsaufnahme machen. Das sollte schnell gehen, ich hatte mich in den letzten Monaten durch die Lebensmittelvorräte gefressen, viel war nicht mehr übrig. Drei Flaschen Ketchup, ein Glas Senf, ein Glas Kapern, zwei Oliven in Salzlake, Sojamilch von Yannis, eine Tube Milchmädchen, sechs verdächtige Eier und, weil Yannis mir ein Video für die Zubereitung von veganem Räucherlachs geschickt hatte, ein großer Sack schrumpelige Karotten. Dazu noch jeweils eine Packung Gorgonzola-Spinat und Buttergemüse in der Tiefkühltruhe, die ich beide nicht angerührt hatte, weil ich die geriffelten Karotten in der Gemüsemischung aus ästhetischen Gründen ablehne.

Und dann hatte ich ja noch die Oberschränke, Tausende

Gewürze, die Barilla-Gobetti, acht Sorten Öl, das sollte ja wohl zu schaffen sein. *Easy*, sagte ich. Und als das nicht reichte, sagte ich *easy peasy lemon squeezy.* Und weil das irgendwie immer noch nicht reichte, *Alle Köche sind beschissen, die sich nicht zu helfen wissen.* Ich schaute auf die Eieruhr, noch dreiundfünfzig Minuten, *kriegen wir hin.*

Erst mal Karotten schälen, dachte ich, wobei ich noch nicht genau wusste, was ich mit den Karotten anfangen wollte, nur dass es in Anbetracht der Möglichkeiten wohl auf Karotten hinauslaufen würde. Und wenn Karotten veganer Lachs sein können, dann können sie auch vegane Schinkenspicker sein, sowieso können Karotten erstmal alles sein, was sie sein wollen, womit sie sich wohlfühlen. Und dann dachte ich kurz, ob ich es nicht sprachlich lösen sollte, das hatte ja beim Bett auch funktioniert, ob ich nicht einfach mit einer großen Schüssel gewürfelter Karotten bei Yannis aufschlagen sollte und, wenn mich die Kinder fragend anschauen, erklären, dass dieser orangene Würfel aber eine Erbse ist und dieser orangene Würfel eine Nudel, und dieser andere orangene Würfel ist Dressing, und wenn irgendjemand behauptet, es handele sich ausschließlich um Karotte, sage ich, *Sprache schafft Wirklichkeit,* und dann wollen wir doch mal sehen, ob die da mit mir diskutieren wollen. Und dann sah ich mich aber schon dastehen, wie ich sage *gib mir mal die Salzstreuerin* und mir dann so auf die Schenkel klopfe, das ist ja immer die Gefahr, dass man am Ende jemand ist, der sich auf die Schenkel klopft.

Also lieber Karotten schälen, aber vorher den Backofen aufdrehen, wobei ich auch da nicht wusste, wofür, nur

dass herausragende Köche immer als Erstes alle Wärmequellen hochfahren.
Dass ich mir beim Schälen zweimal in die linke Mittelfingerkuppe schnitt, muss ich wahrscheinlich nicht erwähnen, und ich erwähne es auch nur, weil ich einfach stoisch weiterschälte, ohne Pflaster und sogar fast ganz ohne Geschrei, und dann noch während des Schälens Karottenpläne schmiedete. Aus dem Lachs-Video wusste ich noch, dass man die Karotten in Salzkruste garen muss, für die feste fleischige Konsistenz, also schüttete ich grobes Meersalz aufs Backblech, rieb ein paar geschälte Karotten mit geräuchertem Paprikapulver ein und bedeckte sie wiederum mit Salz, bevor ich sie ins Rohr schob. Dafür hatte ich also den Backofen vorgeheizt, geil.
Und dann, hierauf bin ich besonders stolz, dachte ich aber gleich, dass man wohl besser noch ein paar Alternativen vorbereiten sollte, falls das mit den Salzkarotten schiefginge und damit man sich später für die schinkenspickerigsten Karotten entscheiden könnte, also legte ich neben die geschälten Karotten noch drei ungeschälte ins Salz, sowas macht ja manchmal einen Unterschied. Zuletzt halbierte ich vier Karotten der Länge nach in die kleinste Auflaufform, bedeckte sie mit Öl und schob auch das in den Ofen, und das gefiel mir schon deshalb, weil ich schon immer mal etwas confieren wollte, um dann auf Partys erzählen zu können, dass ich schon mal etwas confiert habe.
Ein Blick auf die Eieruhr. Noch sechsundvierzig Minuten.
Es ist wirklich schockierend, wie schnell man sein kann, wenn man versuchshalber darauf verzichtet, langsam zu sein.

Weiter so, dachte ich, und merkte schon, wie ich so Gordon-Ramsay-mäßig rumtänzelte, wie ein Boxer, der auf dem Weg zum Klo in eine Wespe getreten ist. Da zuckte so eine richtige Energie durch meinen Körper, hinderte mich sogar daran, mich zu fragen, warum Dressing eigentlich Dressing heißt, wobei das ja ein wirklich kurioses Wort ist, aber irgendwie hatte mich das Kochen richtig angefixt, ich war von einem Denker zu einem Macher geworden. *Mein Weg vom Denker zum Macher*, dachte ich, auch ein guter Untertitel, also falls es in meinem Lebenswerk darum gehen sollte, wie das Kochen mir geholfen hatte, das neurotische Nichtstun hinter mir zu lassen und einfach anzupacken, vielleicht auch ein Folgewerk nach der Niezenreihe. *Küchenpsychologie: Mein Weg vom Denker zum Macher*. Das war's doch eigentlich schon. Eigentlich sollte ich gleich Erol anrufen, dachte ich, und dann aber, *nein*, *Stopp*, erstmal zu Ende kochen.

Ich öffnete den Kühlschrank und suchte die Mayonnaise.

Ah ja, verdammt.

Planänderung.

Ich hatte ja noch Eier, die ja vielleicht noch gut waren. Das kann man übrigens ganz leicht testen: Wenn Eier in einer Schüssel mit Wasser oben schwimmen, sind sie kaputt, wenn sie unten bleiben, sind sie noch essbar. Was sie aber auf keinen Fall sind, ist vegan, anders als Yannis. Wobei sich natürlich die Frage stellte, wenn ich jetzt eine Mayonnaise mit Eiern hochzog, schmeckt man das Ei da überhaupt raus. Und ist es nicht eigentlich auch im Interesse meines veganen Sohnes, dass Eier, wenn sie jetzt nun mal schon gekauft worden sind, nicht verderben. Hätte er mir nicht im Grunde dankbar sein müssen, wenn ich die Eier jetzt heimlich in die Mayonnaise schmuggelte. Gewissensentscheidung. Kurzer Blick auf die Eieruhr, die natürlich auch nicht vegan ist, Schenkelklopfer, oh Gott, so fängt es an. Die Uhr tickte, noch neununddreißig Minuten.

Okay, keine Eier, das muss anders gehen, wer veganen Kindern Eier unterjubelt, der fragt auch, ob Eieruhren vegan sind. Also Mayonnaise ohne Eier. *Denk, Lars, denk.* Sojamilch. Sojamilch enthält Soja-Lecithin. Soja-Lecithin ist ein Emulgator, also muss man damit auch eine Mayonnaise stabilisieren können. Ich öffnete den Tetrapack, und ich möchte jetzt nicht ins Detail gehen, aber wer den Geruch von Gorgonzola problematisch findet, sollte niemals an abgelaufener Soja-Milch riechen.

Planänderung.

Ich riss die Oberschränke auf. Man könnte es mit Aquafaba versuchen, wenn man Dosenkichererbsen hätte, wenn man die nicht nach einem vorweihnachtlichen Hummus-Experiment in den Abfluss geschüttet hätte, Danke für nichts, Yotam. Oder mit Kokosmilch, von der ich in einer Curry-Phase mal ein ganzes Sixpack gekauft, aber nie verwendet hatte. Und ich schwöre, ich hätte ernsthaft Nudelsalat mit Kokos-Mayo gemacht, wenn ich nicht in letzter Sekunde noch einen Liter Hafermilch entdeckt hätte, auf Yannis ist Verlass.

Und natürlich war ich ein bisschen skeptisch, weil ich noch nie eine Mayo mit Hafermilch hochgezogen hatte, andererseits hatte ich überhaupt noch nie eine Mayo hochgezogen, was sollte schon schiefgehen? Rhetorische Frage.

Erstmal ging der Mixstab schief beziehungsweise er ging gar nicht, er war nämlich dem vorweihnachtlichen Hummus-Experiment zum Opfer gefallen, und das ist wieder typisch Ottolenghi, dass er einem zu jedem Gewürz einen Roman erzählt, aber auf die Idee, mal zu erwähnen, dass ein handelsüblicher Mixstabmotor bei Kichererbsen durchbrennt, auf die kommt er natürlich nicht.
Planänderung.
Mit der Hand, dachte ich. Ich zieh mir die Mayonnaise radikal mit der Hand hoch. Ich gab also zwei Teelöffel Senf und einen Schluck Hafermilch in die Salatschüssel und fing mit dem Schneebesen an zu rühren. Dann ließ ich das Speiseöl tröpfchenweise in die Schüssel laufen, und bloß nicht zu schnell und bloß nicht aufhören zu rühren, sonst scheißt sie dir ab, das hat man ja tausendmal gesehen. Ich rührte und rührte, und da ging gar nichts, Milch und Öl schwapperten hin und her, der Schneebesen klapperte in der Metallschüssel, wie Blechdosen hinter frisch verheirateten Limousinen, mein Oberarm begann zu brennen, aber ich schlug weiter, immer weiter, und dann geschah es auf einmal doch, aus zwei verfeindeten Flüssigkeiten entstand eine cremige Einheit, wurde dichter und dichter, schimmerte perlweiß wie Himmelspforten, zog am Ende sogar milchmagische Schlieren. In einem Film hätte ich mir in diesem Moment auf die Brust getrommelt, die Arme in die Höhe gerissen und geschrien *Ich habe Mayo gemacht!* In Wirklichkeit stand ich nur da und schaute andächtig in meine Schüssel. Ob Johanna wohl wusste, was mir dieser Moment bedeuten würde? Vielleicht war es das, was sie meinte, wenn sie *mach doch einfach* sagte.

Vielleicht war der Nudelsalat gar kein Test, sondern ein Geschenk.
Ich salzte euphorisch und wollte gerade einen kleinen Schluck Essig dazugeben für das raffinierte Säuremoment, da fiel mir wieder ein, dass ich den hellen Haushaltsessig nach einem Tiefkühlpizza-Malheur in den Backofen gesprüht hatte, weil das Internet mir eingeredet hatte, man könne Dinge mit Natron und Essig reinigen. Mittlerweile bin ich überzeugt, die Millennials haben sich das mit dem Natron ausgedacht, um ihren Eltern beizubringen, dass man nicht alles glauben darf, was im Internet steht.
Als Alternative bot sich nur der helle Himbeeressig und Aceto-Balsamico, der immerhin nicht nach Himbeere schmeckt, aber ich hatte doch nicht die schönste cremeweiße Hafermilch-Mayo der Welt mit der Hand hochgezogen, damit die dann so einen hässlichen Grauton bekommt. Himbeere oder Aceto. Das sind diese verdammten Dilemmata, vor denen man im Philosophiestudium immer gewarnt wird, dachte ich, während die Uhr tickte und tickte, noch 22 Minuten, *Mensch, Lars, entscheid dich einfach.* Ich griff zur Aceto-Flasche, da fielen mir in letzter Sekunde die Kapern im Kühlschrank wieder ein. Brillant, dachte ich, Kapernwasser ist ja im Prinzip auch nur verdünnter Essig.
Für das Erbsenproblem war mir in der Zwischenzeit auch schon eine Lösung eingefallen. Ich nahm das Buttergemüse aus der Tiefkühltruhe und schüttete den Inhalt in eine Plastikschüssel. Dann klopfte ich den Schüsselboden auf die Arbeitsfläche, bis sich die Blumenkohlröschen

und Riffelkarotten absetzten und die Oberfläche erbsgrün erstrahlte. Die Erbsen kochte ich und spülte sie dann unter fließendem Wasser kurz ab. Für Eisbad blieb keine Zeit, ich hatte noch 18 Minuten.

Kurz durchatmen, dachte ich. Dressing steht. Erbsen sind go. Die Karotten waren auch schon fast gar und dampften mir raucharomatisiert ins Gesicht, die würde ich dann gleich nur noch würfeln müssen.

Fehlten nur noch die Nudeln.

Ich griff die blaue Gobetti-Packung aus dem Oberschrank, ließ sie sofort wieder los, griff sie nochmal, schüttelte sie, vernahm ein kleinlautes Klappern, stellte die Packung wieder zurück, nahm sie wieder, stellte sie auf die Arbeitsfläche, öffnete den Deckel mit spitzen Fingern und spähte argwöhnisch über den Packungsrand. Vier Gobetti.

Ich weiß nicht, wie viele Nudeln einen Salat machen, oder wie viele Nudeln man aus einem Salat entfernen kann, bis er aufhört, ein Salat zu sein, aber eines weiß ich ganz sicher: Vier Nudeln sind kein Salat. Und natürlich heißt die wichtigste Zutat *Liebe*, aber Nudeln sind wohl schon auch irgendwie notwendig.

Planänderung, dachte ich. Dann dachte ich es noch mal. Aber da war kein Plan. Keine Nudeln, nirgendwo, keine grazilen Spaghetti, keine pragmatischen Penne oder vollschlanke Rigatoni, keine verspielten Spirelli, nicht mal rührend ungenießbare Farfalle. Nichts.

Planänderung, dachte ich. Aber es half nichts. Die Vergangenheit hatte mich genau da, wo sie mich wollte. Ich hatte noch zwölf Minuten. Das reichte nicht mal, um noch einen Nudelteig zu zaubern, vor allem nicht für ei-

nen Nudelteig ohne Eier, oder Weizengrieß, oder Mehl, das hatten sie mir nämlich auch genommen.
Ich wusste nicht, was ich machen sollte, nur, was ich nicht machen sollte, das wusste ich ganz genau, nämlich, was meine früheren Ichs in solchen Situationen getan hätten. Schreien war ausgeschlossen, Erbsen an die Wand schmeißen war ausgeschlossen, Mayo ins Klo schütten war sowieso ausgeschlossen, Aufgeben war aber sowas von ausgeschlossen.
Und es war auch nicht nötig. Johanna hätte mir diesen Test nicht gegeben, wenn sie nicht sicher wäre, dass ich ihn bestehen kann. Wenn Johanna mich noch liebt, dachte ich, dann werde ich innerhalb der nächsten zwölf Minuten einen Nudelsalat gemacht haben. In elf Minuten, verbesserte ich mich mit einem Blick auf die Eieruhr.
Ich öffnete den Backofen, zog das Blech heraus und begann die confierten Karotten zu würfeln. Das Messer glitt durch das rostrote Fleisch wie durch vegane Butter. Noch zehn Minuten, dachte ich und war gespannt, wie ich das jetzt noch lösen würde. Als Nächstes klopfte ich die Kruste von den Salzkarotten. Ich schnitt einen Würfel heraus, und vielleicht wird in deutschen Schulen immer noch zu wenig darüber aufgeklärt, dass Lebensmittel, die in Salz gegart wurden, danach ziemlich salzig sind.
Wobei nicht alle. Es gab da nämlich tatsächlich einen Unterschied: Die Karotten, die ich vor dem Garen geschält hatte, brannten im Mund. Die ungeschälten waren fester und von lediglich mediterraner Salzigkeit, allerdings ließen sie sich jetzt nicht mehr schälen. Sie bogen sich unter meinem Sparschäler wie Gemüseattrappen in einem

Dick-und-Doof-Film. Noch neun Minuten, dachte ich und befreite die Möhren mit verschwenderischen Schnitten von der Schale, bevor ich sie würfelte.
So standen sie vor mir, dreierlei von der Möhre, fettig wie Schwarte, salzig wie Speck, fest wie Knackwurst. Und gleichzeitig, das konnte ich nicht vor mir verstecken, fundamental karottig. Kurz flehte ich, dass Yannis niemals würde erfahren müssen, dass es eine essentielle Wurzelgemüsigkeit gibt, die man nicht wegkochen kann, die sich nicht überwürzen lässt, gegen die auch Salzkruste nicht hilft, mit der die Möhre ihr Leben lang wird umgehen müssen, egal, wie sehr sie versucht, sich zu ändern.
Noch acht Minuten, dachte ich gespannt.
Noch sieben Minuten. Aber auch irgendwie entspannt, ganz ruhig, ich wusste ja, dass es gut gehen musste.
Noch sechs Minuten, da war so ein ganz tiefes, warmes Vertrauen, wie ein Licht, was auf mich schien oder in mir, das weiß ich nicht, nur dass alles leuchtete, während ich auf die Eieruhr schaute und zählte und geduldig wartete.
Noch fünf Minuten.
Fünf Minuten.
Fünf Minuten. Johanna, du grandioses Genie!
Ich riss die Unterschränke auf, schmiss die Palette mit den 5-Minuten-Terrinen auf den Tisch. Broccoli-Sahne, Speck-Käse, da: Spaghetti in Tomatensauce.
Und es kann doch kein Zufall sein, dass während alle anderen Terrinen ausschließlich spiralförmige Nudeln und Tagliatelleartiges enthalten, ausgerechnet die vegane Sorte zwar als *Spaghetti in Tomaten-Sauce* deklariert wird, die Nudel selbst in Länge, Form, Biegungsgrad und Aushöh-

lung aber eindeutig einer Gobetti entspricht. Sowas kann doch einfach kein Zufall sein, da wird man doch wirklich nachdenklich und bewertet alles nochmal ganz anders. Aber nicht jetzt.

Jetzt riss ich die Deckel von den Terrinen, wie ich noch nie Deckel von Terrinen gerissen hatte, kippte sie in das Küchensieb und siebte das rote Nudelsoßen-Pulver mit kräftigen Schlägen in den Ausguss. Übrig blieben grießgelb leuchtende Gobetti-Zwillinge, die ich mit ein paar Schwüngen aus dem Handgelenk wieder in ihre Becher verteilte, bevor ich sie mit kochendem Wasser auffüllte und die Deckel erneut andrückte. Noch drei Minuten.

Wenn Johanna mich liebt, dachte ich, dann werden diese 5-Minuten-Terrinen in drei Minuten gar.

Ich rührte die blanchierten Erbsen und das Dreierlei von der Karotte ins Dressing. Testhalber fischte ich eine Nudel hervor, sie knackte beim Draufbeißen. Noch zwei Minuten. *Komm schon, Johanna.*

Ich rührte noch mal um, schmeckte noch mal ab. *Ah verdammt, die Zwiebel.* Zum Sautieren blieb keine Zeit mehr, außerdem waren die Zwiebeln so alt, dass sie unter dem Druck meiner Hand knisternd zerfielen, während sie ihre langen blassgrünen Arme nach mir reckten. Ich schnitt ein paar Triebe ab, hackte sie klein und rührte sie ein. Noch dreißig Sekunden. Länger konnte ich nicht warten. Wieder flogen die Deckel von den Terrinen. Dann schüttete ich die Nudeln Becher für Becher in das Küchensieb. Fünfzehn Sekunden. Tropfte noch einmal ab. Zehn Sekunden. Schüttete die Nudeln in die Schüssel mit dem Dressing. Sechs Sekunden. Rührte um. Fünf. Bemerkte,

dass ich vergessen hatte zu pfeffern. Vier. Sprang zum Küchentisch. Drei. Griff die Pfeffermühle. Zwei. Sprang zurück zu meiner Schüssel. Eins. Schaffte eine Mühl-Umdrehung. Null. Und hörte es klingeln.
Mit erhobenen Händen und rasendem Herzen wich ich von der Schüssel, stellte die Mühle auf die Arbeitsfläche und atmete aus. Ich hatte es tatsächlich geschafft.
Mein Nudelsalat sah, schöner kann man es nicht sagen, aus wie ein Nudelsalat. Ich nahm einen Löffel aus der Schublade, tauchte tief ein, hob ihn schwer beladen heraus, schob ihn in meinen Mund, kaute und schluckte. Und ich weiß nicht, ob so Liebe schmeckt, aber so schmeckt Nudelsalat. Und das ist wirklich viel, wenn man den ganzen Tag nichts gegessen hat. Ich stopfte mir noch ein paar Löffel in den Mund und setzte meinen siebten Haken.

8. FEUERWERK

Lass uns mal auf die Uhr schauen.
Nein, danke.
Bitte Lars, lass uns mal schnell auf die Uhr schauen.
Ich will nicht. Ich will jetzt hier sitzen und mich darüber freuen, dass ich einen Nudelsalat gemacht habe.
Doch, komm schon, lass uns das mal besser machen.
Aber ich habe doch jetzt eine ganze Stunde lang auf die Uhr geschaut, ich bin noch ganz zittrig vom ganzen Auf-die-Uhr-Schauen, ich brauch jetzt wirklich eine Pause.
Schau nur erst, wie spät es ist, ja?
Aber ich habe mir eine Pause doch wirklich verdient. Und das ist doch das Allerschönste, eine wirklich verdiente Pause.
Komm, jetzt reiß dich zusammen.
Aber ich reiß mich die ganze Zeit schon zusammen, wie lange denn noch, ich bin schon ganz wundgerissen.
Bitte Lars, mach's für mich.
Ich stand auf, meine Knie weich vor Adrenalin und Erschöpfung, dann ging ich zum Backofen. Das war übrigens gar nicht so leicht gewesen, bei dem ganzen Gekoche das Küchenhandtuch immer genau so zu drapieren, dass es die Backofenuhr gerade noch verdeckte. Das war doch auch irgendwie eine Leistung, die ich jetzt nicht einfach so zunichtemachen wollte.
Für mich, Lars.
Ich stand da und spürte es bis unters Kinn klopfen.

Ich habe Angst.

Ich weiß. Ich bin ja da.

Ich griff das Küchenhandtuch, *Für Johanna*, dachte ich und riss den Blickschutz zu Boden.

22:59

Verdammt.

Und dann, während ich mit offenem Mund und schreiender Verzweiflung auf die Uhr starrte, piepste es auch noch.

23:00

Blitzschnell ging ich alles durch, was ich in den letzten neunundvierzig Jahren über Zeitreisen gelernt hatte. Ich würde einfach nur die Raumzeit mit einem Ring aus rotierenden Lasern einkrümmen und somit eine Zeitschlaufe binden. Alternativ würde ich einfach nur ein rotierendes schwarzes Loch finden müssen, um dann in dem Zug, der zwischen den beiden Ereignishorizonten entsteht, durch die Zeit zu surfen. Und falls sogar das wider Erwarten scheitern sollte, würde ich ein Tachyon-Strahlen-Suchgerät bauen, mit dem ich dann die Tachyon-Signatur zukünftiger Zeitreisender entdecken könnte, damit die mir eine Mitfahrgelegenheit spendieren, wobei sie das wohl nicht freiwillig machen würden, weil sowas natürlich gegen die Zeitreise-Direktive verstößt. Ich griff an meinen Werkzeuggürtel, wo ich zwischen Gaffa-Band und Schraubenzieher vorsichtshalber auch die Revolver-Attrappe verstaut hatte. Ich würde einfach nur einen Zeitreisenden entführen müssen. Was bedeutet, ich würde erstmal einfach schnell Physik studieren müssen, um Zeitreisende überhaupt zu enttarnen, und dann ja nicht mal schnell, wenn man eine Zeitmaschine hat, dann hat man ja alle Zeit der Welt, das ist ja das Schöne daran.

Lars, das ist Quatsch.

Nein, das ist kein Quatsch. Das kann überhaupt kein Quatsch sein, sonst weiß ich nämlich wirklich nicht, wie noch alles gut werden soll.

Lars, jetzt beruhige dich. Wir schaffen das. Und weißt du, wie wir das schaffen?

Mit einer Zeitmaschine?

Nein Lars, mit Disziplin und Durchhaltevermögen.

Aber ich hasse Disziplin und Durchhaltevermögen. Warum muss es denn immer Disziplin und Durchhaltevermögen sein, kann es nicht einmal Spritzkuchen und Kopfgekraule sein?

Ich fürchte, nein.

Mist.

Aber für genau solche Situationen hast du dich doch geändert. Der alte Lars wäre verzweifelt. Aber der neue, veränderte Lars atmet noch einmal tief durch, schaut auf seine Liste, sieht, dass er eigentlich nur noch schnell das Feuerwerk holen und die Regenrinne putzen muss, dass er die letzten Listenpunkte auf der Fahrt noch schnell durchdenken kann, dass er also im Grunde spätestens in einer halben Stunde hier fertig ist und mit dem Auto ja auch keine zehn Minuten zu Yannis' neuer Wohnung braucht und praktisch pünktlich ankommt, um dann, kurz vor Mitternacht, mit der Nieze auf die Knie zu fallen. Der neue Lars denkt, dass er das schafft, wenn er sich jetzt nur noch ein bisschen anstrengt. Der neue Lars hat kein Problem mit Anstrengung. Der neue Lars lacht der Anstrengung ins verkniffene Gesicht. Der neue Lars ist ein richtiger Macher-Typ. Der neue

Lars hat eine Nieze und einen Nudelsalat. Der neue Lars heiratet bald. Der neue Lars rennt genau jetzt los.

Ich rannte los. Aus der Küche, quer durchs Wohnzimmer, durch den Flur, die Kellertreppe hinunter. Das Licht flackerte träge, da stand ich bereits im Keller. Ein eiskalter Wind schlug mir ins Gesicht, und da sah ich auch schon das Kellerfenster und dass es sperrangelweit offen stand. Dann sah ich, dass sich ein Rinnsal die Kellerwand hinunterschlängelte und es sich in einer großen müden Pfütze am Boden gemütlich machte. Und dann sah ich, mitten in der Pfütze, mein Feuerwerk. Ich schloss das Fenster, das hatte ich beim letzten Lüften wohl vergessen, und dachte an die beiden Föhns in Linas Zimmer und wie ich das Feuerwerk dann einfach trocken föhnen müsste. Als ich die Raketen hochhob, löste sich das Papier und etwas Graubraunes bröselte zu Boden. Der ganze schöne Strauß hing herunter wie depressive Tulpen.

Blitzschnell ging ich alles durch, was ich in den letzten neunundvierzig Jahren über Feuerwerk gelernt hatte. Man schaut schließlich nicht sieben Staffeln lang MacGyver, um dann an ein bisschen Zunderplunder zu scheitern. Ich brauchte nur eine zwei mal zwei Meter große Plane, ein paar leere Cola-Flaschen, Holzkohle und Schwefel, um daraus Schwarzpulver anzurühren, Stahlwolle für die Funken, eine gefettete Kordel als Zündschnur und Lithium für die Farbe und natürlich eine Büroklammer, sonst kann man es auch gleich sein lassen. Ich fragte mich, wie meine Nachbarn es wohl fänden, wenn ich mir nur kurz ihre Autobatterie ausliehe und mich ein klein bisschen am Lithium bediente, und dann fragte ich mich, ob ich meinen Kindern wirklich selbstgebastelte Raketen mitbringen wollte, ob das wirklich die Art war, wie ich Johanna zurückerobern wollte, mit einer romantischen Fahrt in die Notaufnahme.

Und dann lief ich die Kellertreppe wieder hoch, stopfte das triefende Feuerwerk in den Müll, öffnete die Kramschublade und steckte statt dessen die Packung mit den Wunderkerzen in meinen Werkzeuggürtel. Und eigentlich ist das doch auch viel besser, dachte ich. Wer will schon Werk, wenn er auch Wunder haben kann.

Ich setzte meinen achten Haken.

9. REGENRINNE

Einfach weitermachen.

Kurzer Blick auf die Uhr, noch vierundfünfzig Minuten bis Mitternacht. Dann sofort wieder in den Flur, schnell in die Schuhe reinschlüpfen und raus in den Garten.

Die Tür klebte ein bisschen und der Boden glänzte verdächtig und da dachte ich noch, dass ich das vor der Abfahrt schnell sauber machen müsste. Das Letzte, was ich wollte, war, dass Johanna schon beim Reinkommen von einer tranigen Mülllache begrüßt würde, aber erstmal Regenrinne.

Draußen war es dumpf und kalt, es kribbelte auf meiner Haut, nicht wie Niesel, sondern tatsächlich wie Schnee. In dicken weißen Daunenfedern fiel er vom Himmel, ballte sich in den Bäumen und bedeckte den müden Boden.

Da wartet man acht Jahre lang auf Schnee und ausgerechnet an dem einen Tag, an dem man die Regenrinne reinigen will, fängt es an zu schneien, dachte ich. Und die Regenrinne dachte, da wartet man acht Jahre lang auf Reinigung und ausgerechnet an dem einen Tag, an dem es schneit, bequemt sich der Herr. Zumindest glaube ich, dass sie das dachte, das würde nämlich so zu ihr passen.

Die große Leiter lehnte noch im Kirschbaum. Im Herbst hatte ich ein paar Äste beschnitten und wohl vergessen, sie danach wieder wegzuräumen. Ich griff die Leiter mit beiden Händen, die Kälte fuhr mir in die Knochen, aber ich ließ nicht los. Ich schüttelte den Schnee ab und trug die Leiter zum Haus. Dann lehnte ich sie gegen das Dach, und eigentlich sagt Johanna immer, dass man die Leiter mit dem Haken befestigen muss, vor allem wenn man aufs Dach steigt, aber irgendwie klappte das nicht richtig und meine Hände waren dann auch so kalt, und ich hatte ja auch keine Zeit, und dann war die Schneedecke auch schon so tief, da konnte die Leiter ja gar nicht verrutschen. Also nahm ich den Kehrbesen, den ich anscheinend draußen vergessen hatte, als ich im Herbst die Blätter zusammenfegen wollte, was ich dann anscheinend auch vergessen hatte. Ich kletterte die Leiter hoch und dachte da noch, dass ich wohl besser die rutschfesten Arbeitsschuhe hätte aus dem Schrank holen sollen, aber es ging auch so irgendwie, man musste nur aufpassen.

Oben angekommen hakte ich den Besen in die Regenrinne und zog das gesammelte Blattwerk dann zu mir, vielleicht ein bisschen zu schwungvoll, auf jeden Fall verklemmte sich der Besen und die Leiter kippte, aber dann hielt ich mich mit der anderen Hand am Blech fest, und dann ging alles nochmal gut.

Als der Rinnenabschnitt frei war, dachte ich kurz, ob ich jetzt runterklettern und die Leiter umstellen sollte, aber das Dach ist ja so flach, und ich hatte doch keine Zeit, also stieg ich noch zwei Stufen höher und hob mich auf die Schindeln. Erst versuchte ich an der Regenrinne entlangzurobben und schob mit dem Besen auch eine gute Strecke frei, nur dann rutschte es doch so komisch, also dachte ich, dass ich mich am besten auf den First setzen sollte und dann den Rest mit baumelndem Besen von oben aus der Rinne schubsen. Ich kletterte also das Dach entlang, vorsichtig auf allen vieren, mit dem Blick auf die knirschend weißen Schindeln.

Oben angekommen schaute ich auf. Und weil ich ihm das schuldig war, ließ ich meinen Blick schweifen, auf die Hügel und die Täler, auf den Wald und den weichen Schnee. Unter mir blinzelte die Stadt aus tausend leuchtenden Augen. Schornsteine sandten einander sehnsuchtsvolle Rauchzeichen. Am Horizont sah ich drei goldene Sonnen flimmern und dass uns alles vergeben wird.

Ich schaute noch ein paar Sekunden in die Ferne, dann schubste ich die letzten Blätter aus der Regenrinne und begann meinen Abstieg. Und weil ich mittlerweile ja schon Routine hatte, ging es ganz schnell, ein paar kurze Sätze, dann war ich an der Regenrinne, drehte mich um, hielt mich fest, so gut es eben mit eisigen Fingern noch ging, und setzte auf die Leiter über. Zwischen den Böllern hörte ich den Wind aufheulen und dann sah ich auch, wie es auf dem Dach aufstob, und dann dachte ich noch, mit dem Wind und der unbefestigten Leiter, das war vielleicht doch keine so gute Idee, aber da war ich auch schon unten und dann war es wohl doch eine gute Idee. Ich kehrte die Blätter zusammen, trug sie auf den Komposthaufen, und war fertig.

Mit brennenden Händen klopfte ich mir den Schnee vom Anzug. Ich öffnete die Haustür, ging einen Schritt hinein, zog dabei die Liste aus der Tasche, weil ich doch sofort meinen Haken setzen wollte, und, um keine Zeit zu verlieren, versuchte ich gleichzeitig den rechten Schuh mit der Spitze des linken Fußes abzustreifen, wobei der Schuh nur immer enger wurde, die Fußspitze rutschte ab, ich geriet ins Wanken, machte einen hilflosen Ausfallschritt auf dem schmierigen Boden, glitt weg und fiel.

Dass es ein Fehler ist, sich mit der Hand abzustützen, weiß man ja, fünf Finger, einer fragiler als der andere, da wäre es besser, einfach locker zu lassen und sich auf die Weichheit des Körpers zu verlassen, das macht man aber natürlich nicht, weil man ja diese dummen Reflexe hat, also stützt man sich eben doch mit der Hand ab, mit der linken Hand und ihren zerbrechlichen Fingern, und dann kracht es. Und man sieht noch, wie der Ringfinger der linken Hand, in so einem völlig falschen Winkel, das sieht man noch und dann nichts mehr.

Ich weiß nicht, wie lange ich da lag, nur als ich die Augen wieder öffnete, war da immer noch der Finger in diesem Winkel und jemand schrie, schrie sogar ohrenbetäubend, und dieser jemand war ausgerechnet ich.

Ich wollte aufstehen, ging aber sofort wieder zu Boden, versuchte es nochmal, nichts ging mehr. Also wälzte ich mich auf den Rücken und wartete. Es tat so weh, dass ich nicht mal mehr denken konnte, und als ich wieder denken konnte, schmerzte es nur noch schlimmer.

So endet es also, dachte ich, mit der beschissenen Hand und dem verkackten Finger in der verfickten Notaufnahme. Und dann sitzt man da stundenlang rum und nichts passiert und morgens um fünf kleben sie die Hand mit ein bisschen Mull zusammen und schicken einen mit ein paar Ibuprofen nach Hause, und alles, was hätte sein können, was immer noch hätte werden können, wird dann ohne mich.

So endet es.

Und dann dachte ich *Nein.*

Erst dachte ich es leise, dann immer lauter, dann dachte ich es heillos. *NEIN.* Und wenn sich auch alles gegen mich verschworen hatte, meine Gedanken, mein Charakter, mein Übermut, meine Melancholie, meine Eitelkeit, meine Bedürftigkeit, meine Vergesslichkeit, meine schier unüberwindbare Faulheit, alle meine ehemaligen Ichs und jetzt auch noch mein gottverdammter Körper, den ich mir nicht ausgesucht habe, den ich mir wie alles andere nicht ausgesucht habe, für den ich nichts kann, an dem ich täglich leide, der mich auf immer neue Arten erniedrigt, an dem ich eines Tages verdammt nochmal sterben werde, *Nein.*

Ich werde nicht aufgeben, ich werde mich vor mir nicht geschlagen geben.

Nein.

So endet es immer. Aber nicht heute. An jedem anderen Tag endet es so, aber heute endet es anders. Und wenn ich mir die Gedanken mit der Kneifzange einzeln aus dem Kopf ziehen muss, wenn ich mir jeden Knochen persönlich brechen muss, heute endet es anders.

Mit der unversehrten Hand griff ich nach meinem Werkzeuggürtel und fand nach einigem Tasten das Gaffa-Band. Ich führte die Rolle zum Mund und knabberte, bis ich einen Anfang fand. Dann zog ich einen langen Streifen und riss ihn mit den Zähnen runter. Mit der rechten Hand suchte ich den verwinkelten Ringfinger, atmete tief ein, schloss die Augen, und.

Als ich wieder zu mir kam, schrie meine Hand vor Schmerz, aber immerhin der Winkel stimmte wieder, mehr oder weniger. Ich atmete noch einmal tief ein und wickelte meinen Zeigefinger an den Mittelfinger, bis ich beide nicht mehr bewegen konnte. Dann begann ich in die Küche zu robben. Jetzt noch schnell ein paar Paracetamol einwerfen, und dann ins Auto und dann zu Yannis fahren, Kniefall, Antrag, Feuerwerk, glücklich werden.

Ich robbte wimmernd durch den Flur, zog mich am Türrahmen hoch. Im Wohnzimmer konnte ich schon fast wieder auf allen vieren kriechen, es ist doch erstaunlich, an was sich ein Körper so alles gewöhnt. Ich wankte am Couchtisch entlang, vorbei an meinem Nomos, immer weiter und weiter, bis ich in die Küche kam, fasste den Griff des Kühlschranks und richtete mich auf. Wacklig stand ich, aber ich stand. Und dann stand ich doch nicht, ich taumelte, hielt mich gerade noch am Backofen fest, und lediglich mein Blick fiel, ohne dass ich es hätte verhindern können, auf die Backofenuhr. Und dann blieb mir doch nur noch die Zeitmaschine.

Es war 23:58.

Ich stolperte einen Schritt zurück, spürte den Kühlschrank im Rücken und rutschte zu Boden. Und dann saß ich da. Ich dachte an mein baldiges Physikstudium, und selbst die Zeitmaschine erschien mir auf einmal unendlich schwer. Und dann fiel mir wieder ein, was Johanna mir tausendmal erklärt hatte, dass auch die beste Zeitmaschine, wenn sie denn überhaupt möglich wäre, niemals in die Zeit vor ihrer eigenen Erfindung zurückkehren könne. Das ist ja das Problem mit Schlaufen, dass sie sich immer nur mit sich selbst verbinden. Vielleicht ticken Uhren deswegen

so hämisch, weil sie längst wissen, was wir mühsam verdrängen, dass es für alles schon immer zu spät ist.
Plötzlich fehlten mir meine Kinder. Plötzlich fehlte mir Yannis, wie er seine pummelige Faust in den Himmel streckte, und Lina, wie sie sich wütend ihre Schwimmwindel vom Hintern riss. Der Geruch ihrer Köpfe fehlte mir und ihre leuchtenden Augen, ihre kleinen Hände, ihr warmer Atem, der schwere Trost ihrer schlafenden Körper.
Und weil die Kinder an Silvester immer dieses eine Lied sangen, wollte ich singen, und weil mir der Text nicht einfiel, summte ich nur, und weil mir die Melodie auch nicht einfiel, summte ich sehr leise, immer denselben Ton.
Dann zündete ich eine Wunderkerze an. Und dann piepte der Backofen.
Mitternacht.
Frohes neues Jahr, sagte ich, und als mir niemand antwortete, schaute ich meinem Wunder zu, wie es funkelnd verglühte.

Und dann piepste die Uhr nochmal. Die Zeit ist ein beschissener Gewinner, dachte ich. Und dann piepste es gleich nochmal und das machen Backofenuhren trotz aller charakterlichen Verderbtheit normalerweise nicht.
Ich griff mit der heilen Hand hinter mich, ertastete mein Telefon und zog es zu mir herunter.
Und das war dann schon ein Wunder, oder zumindest ein halbes Wunder, ein kleines Wun, denn plötzlich leuchtete mein Telefon und ich hatte zwei Nachrichten.
Wo bleibst du denn?
Und, *brauchst du Hilfe, Lars?*
Und ich wollte antworten, dass ich natürlich Hilfe brauchte, dass ich immer Hilfe brauchte, dass ich schon mein ganzes Leben lang nichts dringlicher brauchte als Hilfe, dass ich von Hilfe wirklich niemals würde genug bekommen können, aber dann sah ich, dass Johannas Nachrichten noch keine zehn Minuten alt waren, und dann sah ich die Uhr auf dem Telefon, und ich will hier keine falsche Spannung aufbauen, es ist mir ja selber ein bisschen peinlich, weil man das nun wirklich langsam weiß, *Backofenuhren*, die sind ja genau dafür landläufig bekannt, das ist ja praktisch schon Folklore, das ist Tradition wie Sternsinger und Winterdepression, auf jeden Fall hielt ich mein Telefon neben den Backofen und schaute von einer Uhr zur anderen und dachte *Ach so, ja, das hab ich wohl vergessen.*

Und dann dachte ich, dass auch wenn sich alles gegen mich verschworen hatte, auch wenn die Backofenuhr, für die ich ja sogar eine Erinnerung in meinem Telefon eingerichtet hatte, nur ein weiterer Beleg dafür war, mit welcher unermüdlichen Verbissenheit ich gegen mich arbeitete, es vielleicht zum ersten Mal in meinem Leben doch genug Hilfe für mich gab. Die Nieze, das Nomos und der Nudelsalat, die fast vollständige Liste, die unsterbliche Liebe, die Wunderkerzen und natürlich die Winterzeit, die Zeitmaschine des faulen Mannes.

Es war 23:07.

Ich hievte mich hoch und rannte los. Den Nudelsalat klemmte ich mir unter den Arm, während ich mich an den Wänden abstützte. Dann stapfte ich schwankend zum Auto und dann nur noch einmal ganz kurz zurück, um den Schlüssel zu holen und die Geschenke, und dann fuhr ich los.

Unsere schmale Sackgasse fuhr ich entlang, bog links ab und dann rechts auf die Hauptstraße, den kleinen Hügel hinauf, von dem aus es dann bis zu Yannis fast nur noch bergab geht. Und weil die Hand so wehtat und weil mir so schlecht war und weil es so hemmungslos schneite und weil ich jetzt ja doch wieder gut in der Zeit lag, fuhr ich nicht sehr schnell, ziemlich langsam sogar, und dann immer langsamer. Ich stellte den Fuß aufs Gaspedal, trat richtig durch und wurde nur noch langsamer.

Dann sah ich es auch schon blinken. Rot und orange und die Tankstandsanzeige auf E. Und ob es jetzt der leere Tank war oder der *Fehler im Abgassystem*, vor dem mich das Auto schon seit Monaten warnte, wusste ich nicht,

nur dass es zu Fuß noch ein ziemlich weiter Weg war, das wusste ich.
Wenn ich es die letzten Meter den Hügel raufschaffe, dann könnte ich mich runterrollen lassen, dachte ich, und versuchte das Auto mit meinem Hüftschwung anzuschubsen, dann fiel mir auf, dass mit dem Motor wohl auch die Servolenkung ausgefallen war, und weil ich die nicht zweifelsfrei guten Ideen eindeutig zur Genüge strapaziert hatte, lenkte ich das Auto lieber an den Straßenrand. Ich schaltete die Warnleuchte ein und zündete mir eine Zigarette an. Dann stieg ich aus.
Draußen schlug mir der Wind mit dicken weißen Wollhandschuhen ins Gesicht. Mittlerweile ging mir der Schnee fast bis zu den Knien, an Laufen war gar nicht zu denken.
Ich stapfte zum Kofferraum, blieb mit der verwundeten Hand an der Klappe hängen, fluchte, verhedderte mich mit den Kufen im dünnen Plastik eines gelben Sackes, fluchte nochmal, und hob schließlich den Schlitten auf den Gehweg. Deswegen hatte ich den Müll also ins Auto gestopft, dachte ich, damit ich genau jetzt einen Schlitten habe.
Erst versuchte ich es auf dem Fußgängerweg, versank aber sofort im dicken Neuschnee. Also stellte ich den Schlitten auf die Straße, wo Autofahrer eine feste, graubraune Bahn für mich breit gefahren hatten. Mit meinem Gürtel schnallte ich die Geschenke zusammen und hängte sie mir über den Rücken. Dann hockte ich mich auf den Schlitten, klemmte den Nudelsalat unter den demolierten Arm und eine Zigarette in den Mundwinkel und stieß mich ab.

Langsam fuhr ich an, dann lehnte ich mich ein wenig nach vorne. Der Schlitten nahm Fahrt auf, taumelte in den unebenen Fahrtrillen. Zwischen den fetten Flocken konnte ich die Straße kaum sehen, über dem Brillenrand verschwamm die weiße Welt. Ich hörte ein Auto hupen, lehnte mich weiter nach vorne, da hatte er mich bereits schimpfend überholt. Schneller wurde ich und schneller, während um mich herum Schneekaskaden kollabierten und Menschen besoffen über die Straße fluchten. Der Fahrtwind brannte auf meiner eisigen Hand, peitschte mir wütend ins Gesicht. Peitsch nur, dachte ich, gib mir alles, was du hast, es ist mir scheißegal. Kreischend drehte sich ein Feuerrad in meinen Weg, ich verlagerte mein Gewicht nach links, wich in die gegnerische Fahrbahn aus, verfehlte nur knapp einen Schneeflug. Ein Halbwüchsiger warf einen Böller nach mir, ich duckte mich weg. Der Nächste erwischte mich an der Schulter, ich hörte es krachen, dann pfeifen, dann nichts mehr. Eine Rakete flog an mir vorbei, wie ein goldener Pfeil, die Funken brannten auf meiner nackten Haut. Der Schmerz war so stark, dass ich aufschrie. Mittlerweile lag ich fast auf meinem Schlitten, stach in die Landschaft, nahm nur noch Schemen wahr, sah es glühen und brennen und explodieren, sah immer weniger, hörte immer weniger, wusste immer weniger, wurde immer weniger, wurde schneller und schneller und leichter. Und dann sah ich doch etwas, die Kreuzung, und wie die Ampel plötzlich rot wurde und wie die Autos dann anfuhren. Ich stemmte meine Füße in den Schnee. Spürte, wie meine Knie nachgaben. Wie es mich aus dem Schlitten hob. Und wie ich für ein paar schwerelose Sekunden tatsächlich flog.

Plötzlich zog mein ganzes Lebenswerk an mir vorüber.
Ich sah, wie ich in mein Notizbuch kritzle, während Johanna ihre Koffer packt. Wie Johanna sagt, *schreib doch einfach* und ich nur wütend den Kopf schüttele. Wie Lina sagt, das könne nie etwas werden, weil mir die Willenskraft fehle, und Yannis sagt, es solle ja auch gar nichts werden, bei einem wie mir, da solle es nichts werden. Ich sah, wie Johanna abends im Bett lacht, wie ihr wenige Seiten später die Tränen kommen, wie ich vergehe vor Neid. Ich sah, wie ich mit Johanna auf der 90 cm-Matratze liege und ihr vom besten Buch der Welt erzähle und sie ehrfurchtsvoll nickt. Wie ich sage *aber was, wenn es nur Quatsch ist?*, und sie sagt *ich liebe deinen Quatsch*, und ich frage *versprochen?*, und sie sagt *versprochen*.
Ich sah den Baikalsee blassblau flimmern und wie Yuevgenie winkt, wie er kleiner wird und kleiner, wie er noch einen winzig kleinen Kuss wirft und in den rotgoldenen Horizont entgleitet. Ich sah, wie ich mit Mikhail die Salomé tanze, wie er seine Federboa um meine Schultern wickelt, wie er mich mit funkelnden Augen anlächelt, wie er sich dreht und dreht und dann halte ich nur noch eine einzige Feder und dann nicht mal mehr die.
Ich sah das Meer, und wie sich der endlose Raum zwischen Verlangen und Vermögen mit jedem Wort weiter ausdehnt. Ich sah die kurze Euphorie und die lange Verzweiflung. Ich sah mich aufstehen, um mich wieder hinzulegen. Ich sah das Betteln und Bangen, das Jammern

und Zetern, sah all das Scheitern und Hoffen, das Aufbegehren, Aufgeben und Doch-wieder-Anfangen.
Und dann sah ich, wie ich mit Erol und Mona in der Tangente stehe. Wie ich mich heimlich auf die Toilette stehle. Draußen winden sich schwitzende Körper im Takt und an der Bar hört man sie lachen und alles klingt unendlich weit weg. Wie ich da sitze und an die graue Wand starre. Und wie ich dann auf einmal so erleichtert bin, als ich entdecke, dass es einst einen Menschen gab, der zwischen all dem Bier und den Mädchen und der Musik nichts Besseres zu tun fand, als in großen schwarzen Buchstaben an die Toilettenwand zu schreiben:
Ich war hier. 11.04.1987
Wie ich meine Taschen abtaste und als ich keinen Stift finde, meinen Fahrradschlüssel aus der Jeans hole. Mit zittrigen Fingern ritze ich in das harte Holz:
ICH AUCH. 15.03.88

11. JOHANNA

Der Lappen, mit dem mir meine Mutter über das Gesicht wischt, ist rau und warm und zärtlich. Immer wieder streicht sie über meine fiebrige Stirn, über meine zerschlissenen Lippen, über die Lider meiner Augen, über meine feuchten, kalten Wangen. Ich blinzele, und als ich meine Augen endlich öffnen kann, sehe ich meinen Eber. Er schaut mich lange an und ich weiß, dass es gut ist. Zum Abschied leckt er mir ein letztes Mal über die Wange, dann dreht er sich um und läuft in die weiße Nacht.

Ich stehe auf, klopfe den Schnee vom Anzug und gehe los. Die letzten Meter schaffe ich zu Fuß. Ich bin ja schon fast da.

Vor mir höre ich sie trommeln, sehe das Feuer und wie Yannis seine Hand auf Makenas Bauch legt. Dann sehe ich Lina, sie hat ihre Haare ganz kurz geschnitten und ich weiß nicht, was das bedeuten soll, aber ich glaube, dass es gut ist. Ich gehe weiter, jemand klopft mir auf die Schulter, jemand ruft meinen Namen, ich werde umarmt und geküsst und gehe weiter.

Dann endlich sehe ich sie. Johanna steht da und lacht und sieht ganz anders aus und ich weiß nicht, wieso. Als sie mich erkennt, lächelt sie weich wie der Mond.

Ich gehe einen Schritt auf sie zu, dann noch einen, dann falle ich vor ihr auf die Knie. Ich will ihr alles sagen. Ich will ihr sagen, dass es mir leidtut. Ich will ihr sagen, dass ich alt bin und dumm, dass ich mich selbst kaum ertrage, aber wenn sie mich erträgt, will ich versuchen, sie glücklich zu machen. Ich will ihr sagen, wie glücklich wir sein werden, wie wohlig unser Kamin knistern wird, wie zart der Schnee fallen wird, wie genau ich ihr zuhören werde. Ich will ihr sagen, wie schön der Garten blühen wird und dass wir endlich einen Hund kaufen werden, einen absurd glücklichen Hund, und sogar unsere Katze wird euphorisch sein und jeden Morgen füttern wir die zufriedensten Hühner Mitteleuropas. Ich will ihr sagen, dass ich ihr einen Teich graben werde, einen richtigen Schwimmteich mit Schilf und einem kleinen Steg, auf dem die Sonne immer scheint. Ich will ihr sagen, dass es nie zu spät ist, wirklich, es ist nie zu spät.

Ich will ihr meine Trümmer zu Füßen legen, meine fast vollständige Liste, die Wunderkerzen, meine verbundenen Geschenke, die Nieze, den Nudelsalat, mein geschundenes Herz. Ich will ihr sagen, dass ich mich geändert habe, dass ich mich ändern will, und dass ich immer noch nicht weiß, ob ich mich ändern kann. Ich will ihr sagen, dass ich es versuchen will, dass ich es jeden Tag aufs Neue versuchen will, und dass ich verstehe, was das bedeutet. Das alles will ich ihr sagen. Aber da beugt sie sich schon zu mir runter, sie streicht den Schnee von meiner Wange und nimmt meinen Ring aus der zerbrochenen Hand. *Ich weiß,* sagt sie und zieht den Ring über ihren Finger. Er passt wie angebunden. Johanna hält ihre Hand gegen das Licht. Sie betrachtet die Nieze, als wäre sie schön. Dann hebt sie mich zu sich empor, die Korken knallen, die Kinder fangen an zu singen, und dann Champagner und dann Mitternacht und dann Feuerwerk und dann küssen wir uns, als wäre es das erste Mal, nein, nicht das erste Mal, aber eben auch nicht das letzte Mal, ganz sicher nicht das letzte Mal. Als ich meine Augen wieder öffne, sehe ich, wie es golden vom Himmel regnet.

12. MIT DEM RAUCHEN AUFHÖREN

Kann ich eine Zigarette haben?, fragt Johanna.
Ich reiche ihr die Packung. Johanna schaut hinein.
Das ist deine letzte, sagt sie zögernd.
Ja, sage ich und schnippe meine Kippe aus dem Mundwinkel in den gnädigen Schnee.

13. ES GUT MACHEN

Später stehen wir gemeinsam am Feuer. Johannas Kopf lehnt an meiner Schulter, ich atme ein, so tief ich nur kann, während Johanna meine Liste lobt. *Aber da fehlt doch noch was,* sagt sie. Den letzten Punkt haken wir gemeinsam ab und dann gehen wir endlich nach Hause. Und so endet die Geschichte nicht, aber so endet sie heute.

DANK

Ich danke meinem Freund Erol für das unerschütterliche Vertrauen. Meinem Vater für die gute Gesellschaft. Meinen Kindern für den Trost.

Ich danke Jörn und Tilman.

Und ich danke Johanna für fünfundzwanzig gemeinsame Jahre. Ich danke dir für deine Geduld, für die Gespräche, für das geteilte Gehirn.

Es war schön, dich wiederzusehen. Auch wenn es nichts ändert. Du sahst glücklich aus. Das ist das Beste an einem geteilten Gehirn. Alles ist so vernetzt, wenn die eine Hälfte froh ist, kann die andere gar nicht traurig sein.

Und falls du doch Trost brauchen solltest, oder Gesellschaft, oder Hilfe beim Lebenswerk, das Haus ist aufgeräumt und im Garten blüht die Kirsche. Ich kann jetzt einen Pilau-Reis, den Alfred ziemlich gut findet, und eine Carbonara, die meistens gelingt. Vor zwei Tagen habe ich endlich mein Buch beendet. Und ich weiß nicht, ob du den Teich noch willst, aber gestern habe ich einen Spaten gekauft und jetzt, fange ich an.

Der Verlag Galiani Berlin hat sich zu einer nachhaltigen Buchproduktion verpflichtet. Gemeinsam mit unseren Partnern und Lieferanten setzen wir uns für eine klimaneutrale Buchproduktion ein, die den Erwerb von Klimazertifikaten zur Kompensation des CO_2-Ausstoßes einschließt. Weitere Informationen finden Sie unter www.klimaneutralerverlag.de

FSC www.fsc.org
MIX
Papier | Fördert gute Waldnutzung
FSC® C083411

3. Auflage 2023

Verlag Galiani Berlin 2023

Umschlaggestaltung: Barbara Thoben, Berlin
Umschlagmotiv: Japan: ›The Little Egret‹ –
a 1928 woodprint by Japanese artist Ohara Koson.
© Pictures from History / Bridgeman Images
Lektorat: Esther Kormann
Gesetzt aus der Minion Pro
Satz: Buch-Werkstatt GmbH, Bad Aibling
Druck und Bindung: CPI books GmbH, Leck
ISBN: 978-3-86971-240-6

Weitere Informationen zu unserem Programm finden Sie unter www.galiani.de